KB074646

달콤한 연애수업

달콤한 연애수업

초판 1쇄 발행 2018년 5월 25일

지은이 조혜영

펴낸이 김제구
펴낸곳 리즈앤북
편집디자인 김태욱
인쇄 · 제본 한영문화사

출판등록 제2002-000447호
주소 04029 서울시 마포구 잔다리로 77 대창빌딩 402호
전화 02) 332-4037
팩스 02) 332-4031
이메일 ries0730@naver.com

값은 뒤표지에 있습니다.
ISBN 979-11-86349-81-6 03810

달콤한

연애수업

조혜영 지음

리즈앤북
ries & book

나를 위해 연애하라

일주일 동안, 이를 악물고 다이어트를 했다.
체중계에 올라 내 눈을 의심했다.
언제든 할 수 있다는 자긍심에 스스로 대견스러웠다.
거울 속에 비친 내 눈빛에도 미소가 절로 나왔다.

보상심리였을까.
좋아하는 빵집에 들러 빵을 쓸어 담아와서는
한자리에 앉아 다 먹어버렸다.
그날 밤, 나는 탈이 나고야 말았다.

다이어트의 열정은 급기야 분노로 바뀌었다.
몸무게는 다시 원위치 되었고 몸 상태는 더욱 안 좋아졌다.
무엇 때문에 이토록 급하게 다이어트를 했을까?

우리가 무언가를 시작해서 결과가 좋지 않을 때는
반드시 그 이유가 있다.
급하게 먹으면 반드시 체하는 법!

'친구들은 다 연애하는데 나만 왜 이럴까?'
이렇게 자신감이 없는 상태로는
첫 만남이 이루어져도 더 큰 외로움이 찾아올 뿐이다.
마음속에 자리 잡은 결핍이
판단을 흐리게 만들기 때문이다.
전 애인에 대한 복수심, 지금 당장의 외로움,
이별의 아픔이 가시기도 전에
다시 새롭게 연애를 시작했던 사람들은
하나같이 실패로 끝났다.

행복은 우리 곁을 떠나려 하고
불행은 우리 곁에 머물려고 하는 속성이 있다.
그래서 사람들은 과거 불행했던 기억을 쉽사리 잊지 못한다.

내 마음의 밭에 뿌려진 불행의 씨앗은 내 안에서 시작한다.
그 누구도 그 씨앗을 거두어줄 수 없다.
그래서 연애를 할 때 가장 중요한 건
내 '마음밭' 가꾸기다.

과거에 불행했던 나,
특정한 사건에 있었던 나를 벗어나야
비로소 '진짜 나'와 만난다.
그 후, 당신의 소울메이트가 당신 곁에 와서
당신과 평생을 함께할 것이다.

헤어진 사람을 두고 혼자 끙끙 속앓이를 하고 있는가?
이별 통보를 받아서 어찌할 바를 모르겠는가?
당장에 뛰어가서 "우리 다시 잘해보자!"라며
자존심 따윈 버리고 얘기하고 싶은가?
'아니야, 이건 아니야. 이젠 진짜 끝났어. 제발 정신 차리자!'
그런 마음이 들다가도
혹시나 하는 마음에 그 사람이 지나가는 길목에서

한없이 기다린 적이 있는가?
지긋지긋한 실연의 늪에서 이제 그만 벗어나고 싶은가?

이 책에 그 열쇠가 있다.
어떤 기준을 세우기 전에 나를 한 번 더 돌아보자.
당신에게 행운이 따른다면
답은 생각보다 빨리 찾을 수 있을 것이다.

이 책이 나오기까지 무한한 사랑과 응원을 보내주신
나의 가족에게 감사드리고 싶다.
존경하는 부모님과
사랑하는 두 동생, 소윤과 유림에게도 고마움을 전한다.

4월의 따뜻한 봄에 조혜영

차례

지은이의 말 … 4

1장 '연애인'의
연애 잘하는 9가지 시크릿

처음부터 다 보여주지 마라 …14

헤어진 남자, 절대로 매달리지 마라 …20

'착한 연애'보다 '똑똑한 연애' …27

뜨겁게 사랑하고 쿨하게 떠나라 …34

혼자서 행복해야 둘이서도 행복하다 …40

연애에 꼭 필요한 자존감 높이는 방법 …47

친구 사이를 연인 사이로 바꾸는 법 …54

더 오래, 달콤하게 사랑하는 비결 …59

연인을 사로잡는 언어의 기술 …66

나는 연애가 가장 쉽다 2장

연애는 속도가 아니라 방향 ···74

나이 꽉 찬 솔로들이 연애할 때 필요한 것들 ···79

이별 전에 생각해야 하는 것들 ···86

연애를 위해 벗어나야 하는 콤플렉스 ···91

잘못된 연애 패턴에 돌직구를 날려라 ···97

정말 그 이유로 헤어진 걸까? ···103

진심이 통해야 연애가 통한다 ···109

3장 너, 연애 처음이지?

서른을 앞둔 서글픈 모태솔로입니다 ⋯116

남자와 여자, 정말 우정이 있나요? ⋯122

연락한다고 했는데 소식이 없어요 ⋯128

제 상황에 남자를 만날 수 있을까요? ⋯134

썸남이 애인이 될 수 있을까요? ⋯141

취직보다 연애가 더 어려워요 ⋯147

연애하고 싶지 않은 제가 비정상인가요? ⋯153

'서준희' 같은 남자, 어디 없나요? ⋯158

그녀에게 끌리는데, 거절당할까 두려워요 ⋯163

고백을 했는데 감감무소식입니다 ⋯169

하고 싶다, 연애 — 4장

유부남과 사귀고 있습니다 ···174

오빠의 집안이 너무 가난해요 ···180

자꾸 한눈파는 남자, 어떻게 해야 하나요? ···186

남자친구가 외모를 계속 지적합니다 ···193

헤어진 남자를 붙잡고 싶어요 ···198

똑같은 패턴으로 이별을 합니다 ··· 205

제 남자친구는 다혈질입니다 ···211

헤어진 여자친구에게 새 남자친구가 생겼어요 ···216

헤어진 남자친구에게 새 여자친구가 생겼어요 ···221

술만 마시면 남자친구가 손찌검을 합니다 ···226

제 남자친구는 마마보이입니다 ···231

어떻게 하면 잘 헤어질 수 있을까요? ···235

1장

연애 잘하는 '연애인'의
9가지 시크릿

처음부터 다 보여주지 마라

남자에게 원하는 것을 한꺼번에 주지 않는 것은, 밀 당이라기보다 '난 소중한 존재' 라는 것을 알리는 것 이다. 이러한 자세를 보일 때 남자는 당신을 더 존 중하게 되고 사랑하게 된다.

"언니, 남자 휘어잡으려면 어떻게 해야 돼요?

"왜, 좋아하는 남자 생겼어?"

"네, 제가 좋아하는 사람이 있는데 잘해보고 싶어서요."

"그러게, 생전 그런 질문 안 하던 애가 웬일이래?"

"오늘, 그 사람하고 만났거든요. 그런데 저한테 연락이 없어 요. 이럴 때 제가 먼저 해도 돼요?"

"만났다고 하면, 서로 관심이 있었던 거네. 데이트 한 거야?

"네. 데이트 하고, 한 시간 지났는데 연락이 없어서 괜히 초조 해요."

"네가 혹시 너무 좋아하는 티를 낸 건 아니고?"

"헉! 언니, 좋은 걸 어떡해요. 제가 누군가를 이렇게 좋아한 적이 없어서….."

"너무 좋아하는 티를 내서 그런 걸 수 있어. 일단 연락 먼저 하지 말고 기다려 봐. 좀 있으면 연락 올 거야."

그 후 일상적인 대화를 이어갔다. 한 시간 정도 흘렀을까. 그녀는 휴대폰을 확인했다.

"언니, 대화하느라 몰랐는데 연락 와 있었네요!?"

"잘됐다. 좋아하는 거 표현하는 건 좋은데 사귀지도 않는데 너무 급하게 다가가면 상대방이 부담스러울 수 있으니, 조금 자제하고."

"언니, 대박! 근데… 지금 답문 보내도 될까요?"

좋아하는 남자를 내 것으로 만들려고 한다면 자신을 너무 많이 드러내 보이면 안 된다. 즉 한꺼번에 달콤한 것을 몽땅 주면 안 된다는 뜻이다. 한 번에 하나씩만 주는 것이 좋다. 특히나 잠자리를 하는 시기는 늦을수록 좋다. 늦을수록 남자를 알아볼 시간을 벌게 되기 때문이다. 시간이 지난 후에 알게 될 남자의 성격적 결함, 예전 연애 생활의 비극적 결말, 유부남이라는 사실을 알게 되는 불쾌한 경험을 피할 수 있다.

이건 정말 중요한 부분이다. 남자에게 원하는 것을 한꺼번에 주지 않는 것은, 밀당이라기보다 '난 소중한 존재'라는 것을 알리는 것이다. 이러한 자세를 보일 때 남자는 그 관계에서 당신을 더 존중하게 되고 사랑하게 된다. 결국 여자는 진정 자신이 원하는 관계를 가질 수 있게 되는 것이다.

잠자리 후 남자의 사고는 맑아지고, 여자의 사고는 흐려진다. 그래서 그것에 두려움을 느끼는 여자들이 있다. 잠자리 이후에 그의 마음이 변할지도 모르기 때문이다. 실제로 관계 전까지는 물심양면 잘해주다가 관계 이후에 남자 마음이 바뀐 것 같다고 하소연하는 여자들이 많다.

대부분의 남자들은 소유욕이 강하다. 남자는 그녀가 얼마나 침대 위로 빨리 오는지에 따라 그녀를 판단해버린다. 그래서 최종의 단계까지 그토록 열정적으로 잘해주는 것이다.

첫 관계 이후 남자의 머릿속이 정리되는 이유는 무엇일까? 드디어 자신이 원하는 것을 얻었기 때문이다. 반대로 그때부터 여자는 남자를 내 것이라고 믿고 집착하게 된다. 이처럼 아이러니한 것도 없을 것이다.

그러니 남자는 여자가 결코 쉽지 않을 때 '이 여자는 특별하다'고 느끼며 관심을 가지기 시작한다. 그녀가 무엇을 좋아하는지… 영화의 취향, 음식의 성향 등등. 기억하자! 잠자리는 달콤한 순간이지만 연애는 지속되어야 하는 '어떤 것'이라는 것을.

예전에 가족과 함께 축구 경기를 본 적이 있었다. 우리가 지지하던 팀이 상대팀에게 밀려 지고 있다가 막판에 극적으로 이기자 우린 환호성을 질러댔었다. 믿을 수 없을 만큼 기뻤다. 잠자리도 마찬가지이다.

여자들이 너무 빨리 남자가 원하는 것을 줘버리면 그들은 이내 로맨틱 가이로 변신하는 것을 포기해버린다. 남자들은 잠자리 전 순간들을 열렬히 사랑하다. 때문에 여자들이 너무 빨리 넘어오면 자신도 모르게 저항하기도 한다. 그러니 최종 단계까지 최대한 기다리게 하라.

남자의 심리를 아는 '왕여우'는 남자가 자신에게 도전하지 않으면 다른 여자에게 도전한다는 것을 잘 알고 있다. 그래서 자신에게 시간과 돈을 쓰도록 만들어버린다. 그녀는 자신이 남자가 투자할 가장 멋진 여자라는 것을 잘 알고 있다.

사실 잠자리 시기보다 더 중요한 것이 잠자리 이후이다. 여자가 잠자리 이후에도 변함없이 자신의 삶에 집중하면 남자는 여자를 다르게 본다. 그리고 당신과 더 확실한 관계를 원하게 된다. 선을 넘었을 때 여자는, 두 사람 사이의 주도권을 남자에게 넘겨주었다고 생각하게 만들면 절대 안 된다. 그렇게 되면 연애의 핑크빛 엔딩을 기대하기 어렵다.

그날 이후, 여자는 남자의 요구를 곧이곧대로 들어주려고 하는 경향이 있는데, 이렇게 하면 당신이 남자에게 휘둘리고 있다는 것을 간접적으로 알리는 것밖에 되지 않는다. 누구든 힘들게 얻은 것을 가치 있게 생각한다. 한 번의 잠자리로 벌써부터 '그의 아내'라도 된 양 행동하지 마라.

어린 시절 피아노를 갖고 싶어 한 적이 있다. 말이 떨어지기 무섭게 아버지는 피아노를 사주셨고, 나는 좋아서 피아노를 쳤지만 특별한 애착은 없었던 것 같다. 너무 쉽게 얻었기 때문이다. 반면 대학을 다니며 힘들게 아르바이트를 해 번 돈으로 처음 휴대폰을 샀을 때는 고생해서 얻은 것이었던 것만큼 퍽이나 애지중지했다. 그것과 같은 맥락이다. 여자인 나도 이 정도인데, 남자들은 오죽할까?

내가 무슨 말을 하고 싶어 하는지 알겠는가? 잠자리를 늦게 하는 것보다 중요한 건, 그날 밤 이후의 모습이다. 여자가 얼마나 그의 요구를 들어주는지에 따라, 양파 같은 모습을 얼마나 더 보여주느냐에 따라 그 사랑의 지속성이 결정된다는 말이다.

친구는 말한다.

"야, 이러나저러나 할 거, 좀 빨리 하면 안 되냐?"

"그래, 그건 개인 취향이니 그렇게 해도 되지. 하지만 친구야, 어차피 할 거라면 좀 천천히 하면 안 되겠니?"

내가 좋고 확신이 있다면 무엇이 문제겠는가. 관계 이후에도 내 감정에 책임을 질 수 있고, 감정적으로 치우치지 않을 자신이 있고, 두 사람의 관계에 대한 확신이 있다면, 사귄 지 하루만이든 한 달 후든 1년 뒤든 그게 무슨 상관이겠는가. 하지만 그럼에도 불구하고 내가 하고 싶은 말은 "달콤한 사탕을 기다리게 하듯 천천히 진행하라!"는 것이다. 남자에게 당신의 몸매를 상상할 시간을 주어라. 지금 당신의 몸매보다 더 뛰어난 몸매를 상상하는 것이 바로 남자니까!

명심하자, 스킨십에 후퇴는 없다. 오직 전진뿐이다. 그러니 제발~ 부디, 처음부터 당신의 모든 것을 까발리지 마라!

개방적인 21세기에 살고 있는 내가 너무 고리타분한가?

헤어진 남자, 절대로 매달리지 마라

어떤 이유로든 당신이 연락을 하지 않으면 반드시 그는 당신을 그리워하게 되어 있다. 시간이 흘러, 그가 당신에게 다시 만나자고 했을 때는 아마도 당신이 그를 멀리할 것이다.

"손님, 머리 어떻게 해드릴까요?"

"단발머리로 부탁드립니다."

"힘들게 기른 머리 아깝지 않으세요. 간혹 가다 머리 잘라 달라 하시고 갑자기 마음이 바뀌었다고 하시며 다시 붙여 달라고 하는 사람도 있거든요. 진짜 단발머리로 해드릴까요?"

"그런 사람도 있어요? 에고 당황스러웠겠는데요. 전 진짜 단발머리로 해주세요. 머리는 또 기르면 되니까요. 전 그리고 머리도 금방 길어요. 하하!"

첫 사랑 B와 헤어지고 나서 나는 내적으로, 외적으로 변하기 시작했다. 가슴 아래까지 오던 긴 머리를 예쁜 단발로 자르고, 하루에 두 번씩 헬스클럽을 다니며, 러닝머신 위를 미친 듯이 달리며 나를 단련시켰다(내가 하루에 두 번씩 다니고 나서부터 헬스클럽 규정이 1일1회로 바뀌었다). 그 당시 나는 누가 툭 하고 건드리면 무너질 것 같은 심신을 가지고 있었다. 내 가슴엔 구멍이 숭숭, 그야말로 너덜너덜했었다. 정신이 힘들수록 더더욱 나는 육체를 힘들게 만들었다. 땀이 흐르는지 눈물이 흐르는지 모를 정도로 말이다. 헬스클럽에 울려 퍼지는 신나는 음악에 몸을 맡겼다. 헬스장 댄스 시간이 오면 나는 몸을 마구 흔들어댔다.

그런 시간이 3개월을 넘기자 내 몸에서 10kg이 빠져 나갔다. 단 한 번도 살을 빼본 적이 없고, 결심조차 해본 적이 없었는데, 꽤나 지독했던 실연이 나를 단련시켰고 변화시켰다. 그 후 나는 평소에 즐겨 입던 옷들을 입을 수 없었다. 55사이즈가 넉넉해질수록 눈물이 나도록 행복했다. 예전에 친구들이 '무다리'라고 놀렸던 종아리가 몰라보게 날씬해졌다. 그래서 다리 라인을 뽐낼 수 있는 예쁜 치마도 샀다. 옷가게 언니들이 짧은 치마가 잘 어울린다고 할 때마다 뿌듯했다.

화장하는 법을 잘 몰랐지만 저렴한 로드숍을 다니며 화장품을 사 모으기 시작했다. 흐릿했던 얼굴이 선명해지고, 쌍꺼풀 있는 눈이 또렷해지니 예전에는 느낄 수 없었던 세계를 경험하는 기분마저 들었다. 그때 알았다. '여자는 꾸며야 되는구나!'

그렇게 오랜 시간 동안 나는 오로지 집에서 나에게 맞는 화장법을 연습했다.

우리 엄마는 참 감사하게도 그와 함께 입었던 커플 남방을 있는 힘껏 던져서 버려주었다. 물론 그때는 내 감정이 깔아뭉개지는 느낌을 받았다. 엄마 앞에서 못난이처럼 참 울기도 많이 울었다.

"혜영아, B는 아니야. 진짜 네 사람이면 이렇게 널 힘들게 하지 않아."

"엄마, 엄마 엉엉."

나는 미친 듯이 흐느껴 울었다. 세상에 이렇게 슬픈 이별은 없다고 굳게 믿고 있었다.

"그렇게 힘들면 나중에, 진짜 나중에 다시 만나. 너희가 인연이라면 나중에 다시 만나겠지. 진짜 인연이라면!"

내가 원하는 B가 없다는 사실은 어떤 말로도 위로가 안 되었고, 가슴이 허했다. 하지만 다시 B에게 돌아갈 수는 없었다. 그에게는 이미 다른 여자가 있었고, 돌아간다고 해도 나는 스스로를 괴롭힐 게 뻔했다. 그 사실을 잘 알고 있었기 때문에 나는 부서지는 마음을 다잡으려고 무던히 애썼다. 이별을 이겨내는 그 순간이 너무 힘들었기 때문에 엄마와 함께 절에도 다녔다. 한편 베스트 프렌드들은 나를 포함시킨 여행 일정을 잡으며,

내가 겪는 마음의 고통을 나누어 짊어져 주었다.

"이번에 간절곶 어때?" 친구가 말했다.

"야, 거기 죽이지. 언제 갈래?" 또 다른 친구가 말했다.

"난 그냥 집에 있을래. 지금 말고 나중에…" 내가 말했다.

"야, 미쳤냐? 그냥 따라와!"

"나 진짜 너무 힘들어. 담에 가면 안 돼?" 나는 흐느꼈다. 내 감정을 모르는 친구들이 미웠다. 하지만 친구들은 요지부동이다.

"됐고, 말이 많네."

그렇게 우리 세 명은 예쁘게 꾸미고 여행을 갔다. 시원한 바람, 일상탈출! 민박집에서 맛있는 음식을 해먹는 재미, 함께 찍는 추억 사진, 그 속에 나를 찾는 행복함! 그 와중에도 눈치 없이 B 생각이 났다. 그러나 함께 왔으면 더 좋았을 것 같다고 느낄 만하면, 친구들은 나를 한시도 가만히 두려고 하지 않았다. 분명한 건, 난 친구들이 없었다면 그 시간들을 제대로 이겨낼 수 없었을 것이다. 그 당시 한 번도 이별해본 적 없었던 그녀들이 어떻게 내 마음을 그리 잘 알았을까?

그와 헤어지기 전에는 왈가닥, 마냥 놀기 좋아하는 철없는 아이였다면 그와의 결별은 나를 완전히 변화시켰다. 물론 아주 좋게! 나는 미래지향적이 되었고, 세상을 넓게 볼 수 있게 되었으며, 세상이 무섭다는 것을 알게 되었다. 다시 말해 철이 들기 시작했다.

이는 비단 나에게만 일어나는 일이 아니다. 이별은 긍정적으로 인격적 변화를 가져온다. 많은 사람들이 슬픈 결별을 통해 성장한다. 자신을 재평가할 기회로 삼은 결과, 진로가 바뀐 사람들도 꽤 있다. 몸을 키워 헬스트레이너가 되기도 하고, 진짜 원했던 일에 도전하기도 하며, 화가가 되기도 하고, 나처럼 이별에 힘든 사람들을 위해 위로와 용기를 주는 연애코치가 되기도 한다!

끔찍한 이별이 아주 긴 터널처럼 보이겠지만, 당신은 결국 이 터널을 잘 빠져 나올 것이다. 그리고 그 터널 끝에는 눈부신 햇살이 기다리고 있을 것이다. 바로 내가 그랬다. B가 나에게 다시 연락한 것은 우리가 헤어진 지 2년 만이었다. 물론 나는 이별의 시간들을 너무 잘 버텨왔고 이겨왔다. 재회의 타이밍도 기가 막히다. 그가 다시 시작하자고 내게 왔을 때 내게는 사랑하는 남자친구가 있었다.

그제야 B는 나의 가치를 알았나 보다. 하긴 B가 만났던 그녀는 나만큼 매력적인 여자가 아니었겠지. 나는 알고 있었다. 난 어디 하나 부족한 점이 없다는 것을. 우리가 서로 인연이 아니어서 돌이킬 수 없는 상처를 주고받지 않았을까? 아마도 우리는 당시의 이별 원인보다 더 가벼운 사건일지라도 헤어질 수밖에 없었을 것이다. 우린 서로에게 맞지 않는 신발을 신고 있었으니까.

이별의 순간들을 현명하게 버텨내니 세상이 내게 보상을 주는 것 같았다. B와의 재회를 누구보다 많이 꿈꿔왔기에 그 순간이 짜릿하게 기뻤다.

그는 내가 많이 그리웠다고 말했다. 사실 나도 그가 눈물 나게 그리웠다. 죽기 전 소원이 있다면 그를 다시 보는 것일 정도였으니까. 딱 한 번만이라도 좋으니 다시 사랑하고 싶었던 그였다. 하지만 막상 예전에 만났던 모습 그대로인 그를 보니, 그 시절의 그를 사랑했던 나는 이제 없음을 깨달았다. 2년 전의 나보다 지금의 나의 모습이 성숙했음을 알았다. 그도 그럴 것이 나는 그때보다 100배는 더 아름다워졌으니까. 내면도 외면도.

헤어진 남자를 붙잡고 싶다고? 그렇다면 붙잡거나 연락하지 말아야 한다. 대신, 그 시간을 오로지 당신 스스로를 위해 써야 한다. 필사적으로 예뻐지고, 운동도 하고, 자기 발전에 도움 되는 어떤 행동들을 하자! 스스로가 성장할수록 뿌듯할 것이다. 어떤 이유로든 당신이 연락을 하지 않으면 반드시 그는 당신을 그리워하게 되어 있다. 시간이 흘러, 그가 당신에게 다시 만나자고 했을 때는 아마도 당신이 그를 멀리할 것이다. 바로 내가 그랬다. 그에 비해 당신은 너무 멋진 여자가 되어버렸을 테니까.

그렇게 되기 위해선 한약보다 쓴 고약한 이별의 고통을 견뎌야만 한다. 여러 방법이 있겠지만, 가장 효과적인 건 아주 바쁘게 움직이는 것이다. 내가 장담한다. 내 감정은 바닥을 치고 있다 하더라도, 그것과 상관없이 몸뚱이를 움직여야 한다! 내 감정과 생각에 지배당하면 그것으로 끝장이다!

무조건 적극적으로, 필사적으로 예뻐지기 위해 최선을 다하라. 이렇게 자기애가 채워지는 것은 남자의 마음을 돌리는 것과는 별개의 문제지만, 그에게 연락이 오는 것, 그것은 하늘이 나에게 주는 보너스 같은 거다.

 Tip 남자친구에게 이별 통보를 받았을 때

제발, 절대 붙잡지 마라. 이유를 물어보고 놓아줘라.
그때 당신이 해야 할 말은 하나다.
"알았어, 더 이상 당신을 붙잡지 않을게."
쿨하게 떠나야 한다. 그래야 다시 돌아올 여지가 있다.
징글징글하게 붙잡지 말자. 붙잡을수록 남자는 '내가 이런 여자를 뭣 때문에 좋아했지?' 라고 생각할 거다.

'착한 연애' 보다 '똑똑한 연애'

상대방의 입장에서 한 번 더 생각해보자. 자신의 스타일만 고집하며 상대방에게 일방적으로 강요할 것이 아니라, 서로 합의점을 찾아 맞춰 나가야 한다.

제니와 상규는 캠퍼스 커플이었다. 상규를 짝사랑했던 제니는 용기를 내서 고백을 했고 둘은 사귀게 되었다. 제니는 상규를 위해 헌신을 다했다. 그를 위해 도시락을 싸고, 아프면 약을 사들고 상규 집 앞에 찾아갔다. 그렇게 사랑을 키워 나갔다. 그러다 제니가 1년간 교환학생으로 캐나다에 가게 되었고, 둘은 반 이별을 했지만 그들의 사랑이 끝난 것은 아니었다. 오히려 상규는 제니를 보기 위해 캐나다까지 날아갈 정도로 둘의 사랑은 돈독했다.

그러나 한국으로 돌아오기 한 달 전, 제니는 상규로부터 갑작스런 이별 통보를 받는다. "생각해보니 내가 너보다 부족한 것이 많다."는 것이 이유였다. 그녀는 도저히 그 이별을 받아들일 수 없었다. 한 달 후면 다시 만날 수 있는데 어떻게 일방적으로 이별을 통보할 수 있을까? 그녀는 자신의 사랑을 정리해야 한다는 생각만으로도 너무나 고통스러웠다. 그렇게 제니는 한동안, 아니 오랫동안 이별의 소용돌이 속에서 허우적거려야 했다.

우리가 빠지는 사랑에는 정해진 답이 없다. 나는 남자친구가 생기면 늘 물어보는 말이 있다.

"자기야, 가장 싫어하는 사람한테 어떻게 해?"

사람의 본성은 가장 힘들 때 나오기 때문이다.

사람들이 흔히 "진짜 힘들거나 슬플 때 내 곁에 있는 사람이 내 사람이야."라고 말한다. 그 말에 동의한다. 하지만 최악의 상황이 아닌데도 내 곁을 쉽게 떠나는 사람이라면, 그런 사람은 트럭으로 가져다 줘도 사양하겠다. 나의 의지와 상관없이 꺼져 가는 사랑은 그냥 꺼져버린다. 아니 그런 사랑임을 감지했다면 스스로 끌 수도 있어야 한다.

'우리의 사랑이 식어가고 있구나', '이 사람이 갑자기 나한테 왜 이러지?' 싶으면 빨리빨리 선택과 결정을 해야 한다. 아무리 해도 안 되면 깔끔하게 포기할 줄도 알아야 한다는 말이다. 헤어짐을 맞이하는 사람은 갑작스럽다고 말하지만, 이별을 통보하는 사람은 그들의 사랑에서 아니라고 느꼈던 순간들이 무수히 많았다는 것을 인정해야 한다.

우리가 만들어낸 사랑이 아깝고, 우리가 여기까지 어떻게 왔고, 좋았던 날들에 사무쳐 슬픔이 나를 고통스럽게 할지라도, 그 슬픔을 충분히 인정하고 슬퍼하고 이겨내야 한다. 끝날 사랑은 어떻게든 끝난다. 조그만 위협에도 쉽게 무너지는 사랑이 속절없고 어처구니없겠지만, 그 정도의 힘으로는 더 큰 시련과 풍파를 이겨내지 못한다는 분명한 사실에 위로받기 바란다.

헤어짐에는 수많은 원인이 있겠지만, 그 작은 씨앗은 질투와 집착에서 비롯되는 경우가 많다. 예전에 TV프로그램에서 이런 구절을 본 적이 있다.

"대화만 잘해도 쉽게 헤어지지 않는다."

틀린 말은 아니다. 대화를 해야 서로 엉켜 있는 실타래를 풀듯 오해를 풀고 화해를 하고 이해를 한다. 보통의 커플들을 보면 몸의 대화는 잘하지만, 싸우고 나서 화해하는 것에 너무 서툴다. 상대방과 대화하는 방법을 잘 모르기 때문이다. 실제로 나에게 상담을 요청하는 대부분의 연인들은, 대화를 잘하고 싶고 화해를 하고 싶은데 어떻게 해야 할지 몰라서 애를 끓이다가 찾아오는 경우가 많다. 누가 잘못했든 중요한 건, 진심으로 다가가서 그 마음을 잘 전달하는 일이다.

어린 시절 동생이랑 싸워서 엄마한테 혼이 날 때면, 엄마는 무조건 동생에게 사과하라고 말했다. 내가 생각할 때는 동생도 잘못해서 싸웠는데, 엄마는 내가 위라는 이유로 무조건 나부터 혼냈다. 하지만 나는 일방적인 사과는 할 수 없다고 생각해서 끝까지 버티었던 기억이 있다.

무슨 잘못을 하면 상대방이 어떤 것을 잘못했는지를 알려주어야 하고, 오해가 있었다면 그 부분을 이야기하고 풀어야 한다. 그러니 화해를 할 때 제일 기본이 되어야 하는 것이 대화이다. 상대방의 말을 들어보고 자신이 잘못한 부분에 대해서 사과해야 한다.

"정말 미안해", "나는 이런 의도였어", "갑자기 내가 그래서 놀랐지?", "처음부터 말했어야 했는데 정말 미안해", "감정이 앞서서 전달하려고 했던 의도와 다르게 그 모양새가 달라졌어", "앞으론 안 할게, 미안해", "나는 이렇게 하는 게 좋은데 자기는 어떻게 생각해?", "그랬구나, 내가 맞추려고 노력할게" 등등.

이것은 상대에게 무조건 매달리는 것과 다르다. 서로 다른 것을 인정하고 맞춰 나가는 방법일 뿐. 우리는 각자 추구하는 스타일과 성향, 패턴들이 다 다르다. 서로의 다름에서 오는 행동으로 상대방이 오해를 하지 않도록 말이나 행동으로 신호를 주자.

커플들이 싸우는 걸 보면 아주 사소한 것부터 시작한다. 정말 별것 아닌 일에 서로 죽일 듯이 에너지를 소모하기 바쁘다. 제3자가 보기에는 아주 사소해 보일지라도 막상 내 일이 되면 아주 큰 일이 되어버리는 것도 알지만, 그래도 한 발자국만 뒤로 물러나서 상황을 바라보자. 그러면 답이 보일 것이다. 순간적으로는 '사랑, 참 어렵다' 싶을지라도, 막상 내가 먼저 다가가면 사랑만큼 쉬운 것도 없다.

예전에 남자친구를 사귈 때의 해프닝이다.

일에 치여 피곤해서 6시간 넘게 낮잠을 잔 적이 있었다. 그런데 원래 이런 내 성향을 몰랐던 남자친구는 연락을 해도 답이 없는 나를 오해했다. '혹시 차 사고가 났나', '내가 싫어졌나' 연락이 없으니까 별의별 생각이 다 들었다고 했다. 그때 나는 '사랑을 하거나 우리가 살아가면서 반드시 필요한 것이 표현'이라는 것을 느꼈다. 표현해야 안다.

대부분 여자들의 잘못된 생각 중 하나가 "사랑한다면 남자친구가 제 마음을 다 읽어내야 하는 거 아니에요?"인데, 그건 그야말로 착각이고 망상이다. 남자가 부모도 아닌데 어떻게 마음을 다 읽을까? 솔직히 부모라도 잘 모르는 게 사람의 마음이다. 남자친구에게 부모와 같은 내리사랑을 기대하면 안 된다. 두 사람은 서로를 사랑하는 동등한 관계라는 것을 잊지 말자. 사랑의 기술은 누군가를 유혹하는 기술이 아니다. 서로의 사랑을 오래도록 유지하는 것이 진정한 기술이다.

상대방의 입장에서 한 번 더 생각해 보자. 원래 내 스타일은 이렇지만 내 스타일이 상대방에게는 안 맞을 수 있으니 어느 한쪽에 일방적으로 맞추는 것이 아니라 서로 합의점을 찾아 맞춰 나가야 한다.

"오빠, 이게 부담스러웠어? 그래, 그럼 내가 줄일게."

"그때 그래서 그랬어? 알았어, 내가 고치도록 노력해볼게."

서로를 위한 마음이 커진다면 둘은 더 달달하고 사람들이 부러워할 만한 사랑을 할 수 있다.

세상에는 다양한 사랑의 모습들이 있다. 사랑은 쇼핑을 하듯 원하는 것을 바로 볼 수 있는 물건이 아니다. 어떤 기준을 둔 표본 같은 샘플링이 있다 하더라도 마음처럼 잘 되지 않는 것이 당사자들의 사랑 방식이다. 그래서 더욱더 우리를 힘들게 한다.

좋은 관계란 두 사람이 서로 이해하고 맞추면서 합의점을 만들어가는 것이다. 그런데 요즘 주변을 보면, 사랑이라는 탈을 쓴 채 범죄로 악용하는 사람들이 있고, 그 안에서 피해를 보는 사람들이 속출하고 있다. 물론 당사자들은 잘 모른다. 사랑은 위험할수록 더 밀착되어버리고 더 소중한 무엇이 되어버리니까. 이런 걸 보면 참 아이러니하다.

주변 사람들은 "야, 그거 아니야. 좀 이상한데?"라고 말하지만 도무지 제대로 판단이 서지 않는다. 사랑이라고 믿는 힘 안에서 객관적인 나를 바로 보지 못하기 때문이다. 그래서 우리는 정신 바짝 차려야 한다. 포장지는 사랑인데 그 안은 폭탄일 수도 있기 때문이다.

게다가 사랑이라는 게 혼자가 아니라 둘이 하는 거라 내 맘대로만 되지 않는다. 그 사람을 선택한 것도 나요, 상대를 선택하는 어떤 기준도 내가 만들어낸 것들인데 말이다.

몇 번의 이별을 통한 자아 성찰, 인생을 살면서 깨달은 무언의 것들을 통해 혼자 하는 외로운 사랑이 아닌 둘이 하는 멋진 사랑을 하기 바란다.

뜨겁게 사랑하고 쿨하게 떠나라

사랑을 하고 나면 이별은 친구처럼 따라온다. 연애의 끝은 결별이든 결혼이든, 만남과 헤어짐은 동전의 양면과도 같다. 피할 수 없으면 즐겨라.

고등학교 친구들과 서면에서 신나게 놀고 집으로 돌아가기 위해 지하철을 탔다. 하단역에서 내려 개찰구로 향하는 계단을 올라서자 개찰구 앞에 서 있는 B가 보였다. B는 나를 보며 손을 흔들었다. 집 앞까지 바래다주려고 기다렸다는 것이다. 하단역에서 우리 집까지는 걸어서 10분 정도밖에 되지 않는 거리였지만, 그는 그 시간만이라도 좋으니 나를 보겠다며 기다린 것이다.

"친구들하고 잘 놀고 왔어? 오늘 뭐하고 놀았어?"

"스티커 사진도 찍고, 맛있는 것도 먹었어!"

"재밌었겠네. 오빠는 안 보고 싶었어? 오빤 보고 싶었는데."

"힝, 안 보고 싶었긴, 보고 싶었징."

손을 잡고 지하도를 걷는데 오빠가 갑자기 나를 뒤에서 껴안

왔다.

"오빠 이젠 너 없으면 안 될 것 같아. 나 버리면 안 돼. 알겠지?"

그 순간 나는 세상을 다 가진 듯 너무 행복했다. 심장이 터질 것 같았다. 정말 아무 말도 할 수 없을 정도로 황홀했다. 그렇게 우린 행복한 순간을 보내고 있었다. 집 앞에 다 와서야 우린 못다한 이야기를 나누고, 열정적인 굿나잇 키스를 나누다 아쉬운 작별인사를 하고 헤어졌다. 집에 도착해서는 "오빠는 이제 집에 도착했어. 자기 뭐해?" 문자 메시지가 도착한다.

일상이 너무나 행복했다. 이 순간이 영원하면 얼마나 좋을까, 시간이 멈춰버렸으면 좋겠다는 생각뿐이었다. 누가 말하지 않아도 나는 그냥 연애하는 '연애인(戀愛人)'의 얼굴을 하고 있었다. 그는 항상 내가 연락하기 전에 먼저 연락을 했고, 연락을 하려고 하면 전화가 오고 문자가 도착했다. 커플요금제였지만 항상 오빠가 먼저 할당분을 소진하고야 말았다.

"혜영, 나 요금제 다 썼어, 자기가 전화해."

"응, 알았어."

"맨날 내가 먼저 다 떨어지구."

이런 오빠의 투덜거림이 밉지 않았다. 그렇게 또 전화로 사랑을 속삭였다. 그는 언제나 내가 있는 곳 어디라도 데리러 왔고,

사랑을 받는다는 느낌을 받았다. 하루 종일 붙어 있었던 적도 있었다. 너무 좋았기 때문이다. 그와 연락이 닿지 않는다는 것은 상상도 할 수 없는 일이었다. 당연히 연락이 왔기 때문이었다. 그런 모습을 보고 친구들은 걱정을 많이 했다. 그렇게 찰싹 붙어 있다가 헤어지면 어쩔 거냐고 말이다. 하지만 당시엔 그런 말들이 전혀 들리지 않았다.

하루는 저녁 늦게 집에서 쉬고 있는데 오빠에게 전화가 왔다.

"자기야, 지금 집 앞인데, 잠깐만 나와 봐"

"지금? 일 마치고 바로 온 거야? 잠시만."

잠옷차림으로 나간 나와 마주선 오빠가 말없이 나를 껴안았다.

"많이 보고 싶어서 왔어."

그리곤 달콤한 키스를 나누었다. 오빠의 입술은 언제나 촉촉하다. 이렇게 여자는 사랑을 받을 때, 그리고 누구보다 열렬히 사랑을 할 때가 아름답다.

또 다른 남자친구 J를 만날 때의 이야기이다. J의 친구 결혼식을 갔다가 우리는 뭘 할까 생각하다가 서면으로 향했다. 서면에서 맛있는 빵도 먹고 스티커 사진도 찍었다. 그렇게 신나게 하하 호호 웃다가 우린 동네로 넘어왔는데, 바로 헤어지기는 뭔가 아쉬웠다. 결혼식 복장이라 불편했던 우리는 옷을 갈아입고 다시 만나 저녁을 먹기로 했다. 한 시간 뒤 우리는 다시 고깃집에서 만났다. 오빠 친구가 물었다고 했다. "와, 너네는 방금 보고 또 보냐? 지겹지도 않냐?"

보고 싶을 때 보는 게 뭐가 문제인가. 사랑은 표현할 수 있을 때 많이 하는 게 좋다. 그 순간이 얼마나 행복한데, 무엇 때문에 사랑 표현을 아끼고 절제해야 하는가?

사랑을 하고 나면 이별은 친구처럼 따라온다. 연애의 종결이 결별이든 결혼이든, 만남과 헤어짐은 동전의 양면과도 같다. 피할 수 없으면 즐기라는 말이 있다.

'내가 이때 이렇게 말했으면 어땠을까? 그때 그런 행동을 하지 말았어야 했는데, 왜 하필 그렇게 된 거야. 왜 우리의 타이밍은 그토록 맞지 않았을까? 다시는 그런 실수 하지 않을 거야!' 같은 뒤늦은 후회가 와서야 알았다. 다음번 사랑에서는 절대 이런 아쉬움과 미련을 남기지 말아야 한다는 것을.

자기 성찰이 있고 나서의 사랑은 예전과 달리 편하면서도 정열적이었다. 보고 싶을 때 보고 싶다고 아낌없이 표현했고, 아쉽거나 상대의 옳지 못한 행동에 대해서는 즉각 말하곤 했다. 그렇게 표현했던 사랑에는 후회가 없었다. 나의 본질을 숨기고

'이 사람이 나를 어떻게 생각할까?', '이런 말을 하면 우리가 싸울 텐데, 그래서 그것 때문에 우리가 헤어지면 어쩌지?'라는 두려움 때문에 말 못하고 끙끙 앓지 않았다.

표현과 함께 지속되는 사랑은 우리를 더욱 단단하게 만들었으며, 사랑의 촉매제 역할을 톡톡히 해주었다. 적어도 나는 순간순간 최선을 다해 사랑했고, 표현하는 데 있어 거리낌이 없었다. 나를 있는 그대로 보여줬다. 그 결과 나는 상대를, 상대는 나를 이해하기 시작했다. 그 방법은 헤어질 때 진가를 발휘했다.

그 사람과의 끝이 보이는 시점에는 싸우기도 많이 했지만 서로의 믿음 하에 다시 만나고 해결하려고 애를 썼다. 그러다 정말 '우리가 결혼해서도 이 문제를 안고 갈 수 있을까?'를 생각하게 되는 어떤 순간이 왔다. 그때 서로를 위한 시간을 가졌다. 지금의 고민거리가 결혼하고 나서 '주' 고민거리가 될 거라고 생각하니 머리가 지끈지끈 아파왔다.

사랑만으로 해결할 수 없는 문제라는 판단이 서자 나는 이성적으로 변했다. 서로에게 최선을 다한 만큼 우리의 이별은 생각보다 깔끔했다(적어도 나는 그랬다). 예전의 이별과 다르게 그다지 아프지 않았다. 사귀면서 둘 사이에 일어나는 골칫거리들을 해결하면서 더 이상 아니라는 결론을 내렸고, 그러면서 마음 정리를 했다.

　이별이 두려워서 자꾸 붙어 있지 마라. 그리고 너무 겁먹지도 마라. 그 사람이 없어지는 순간이 올까 두려워 겁을 먹고 있는 것은 상대뿐 아니라 자신에게도 그다지 이롭지 못하다. 서로에게 아니라는 결정을 내렸다면 행동으로 옮겨도 된다. 그것이 정답이다.

　자신의 감정을 가장 우선순위로 바라보자. 막상 닥치고 나면 별거 아닐 것이다. 바로 내가 그랬다. 그러니까 당신도 괜찮다. 뜨겁게 사랑했다면, 헤어질 땐 마구 슬프지 않을 테니 쿨하게 보내주자. 마지막으로 하고 싶은 말! 쿨하게 헤어지고 싶다면, 대신, 정말 뜨겁게 사랑해야 한다.

혼자서 행복해야 둘이서도 행복하다

연애를 잘하는 친구들을 가만히 들여다보면, 옆에 반쪽이 없어도 크게 힘들어하지 않는다. 그래서 연애를 잘한다. 그 어떤 것보다도 내가 소중하고, 나를 사랑하는 자존감이 연애를 잘하도록 이끄는 것이다.

"라면 먹고 갈래?" 이 한마디로 남자와 썸을 타다가 연애를 시작한 T가 있다. T는 연애하기 전 언제나 외로움에 사무쳐서 지냈다. 그래도 그녀는 외로움을 절대 티 내지 않았고, 주변의 시선에 아랑곳하지 않고 당당했다. 예쁘장한 얼굴임에도 그녀는 그저 자신의 외로움을 달래려 애인을 찾았기 때문에 상대방에 대한 기준은 크게 없었다.

그렇게 시작한 연애라 그랬던 걸까? 그녀는 행복하지 않았다. T는 연애가 지속될수록 상대에게 의존했다. 남자친구에게 자신의 외로움을 기대다 보니 자연스레 헤어짐도 두려워하게 되었다. 두려움이 커질수록 남자친구에 대한 집착도는 높아져갔고, 결국 힘들게 이별을 하는 비극의 수순을 밟았다.

유독 혼자 있기가 외로워서, 또는 혼자라는 이유만으로도 연애를 하다가 바로 안정적인 생활이 좋다며 마치 마트에서 물건 사듯 결혼을 한 U라는 친구가 있었다. 그러나 본인 스스로를 감당하기 힘들어서 선택한 결혼은 둘이서도 해결할 수 없다. 결국 U는 예상 답안지처럼 이혼을 맞이했다.

그와 반대되는 케이스도 있다. H는 결혼을 앞두고 마치 누군가가 결혼을 뜯어 말리는 것처럼 불안했다고 말했다. 계속 아닌 것 같다는 생각에 휩싸이자, 그녀는 그녀가 제일 아끼는 친구에게 말했다.

"친구야, 나 지금 이상해. 결혼하기 전에는 기쁘고 설레야 하는데, 나에게는 그런 느낌이 전혀 없어."

친구가 되물었다. "너 정말 그 사람을 좋아하는 거 맞아?"

친구의 물음에 H는 생각했다. 어쩌면 나는 적령기에 떠밀려 그저 다른 사람들처럼 결혼해야 한다고 느꼈기 때문에 결혼을 서두른 것은 아니었을까? 그저 그 사람의 직업이나 안정적인 요소들 때문에 끌린 것은 아니었을까? 친구와 이야기하면서 자신의 진짜 속마음을 읽은 그녀는 용기를 내어 결혼을 무산시켰다. 그녀가 타인의 눈보다 자신이 진짜 원하는 것이 무엇인지 바라보았기 때문에 가능한 일이었다.

나를 먼저 사랑하고 스스로 행복해야 둘이 되어도 행복하다. 사랑에 비틀대고 상처를 주고받는 커플들을 보면, 대부분은 본인이 흔들리고 있는 경우가 많다. 무언가에 결핍되고 불안하니 그것을 상대에게서 찾으려고 하다가 결국 본인이 다친다. 마음대로 되지 않으면 헤어지기를 반복하다가 결국 스스로 무너져 내리는 것이다.

사실 나는 짝꿍이 있어도 혼자서 무엇이든 잘 하는 편이다. 즐긴다는 말이 맞겠다. 편의점에서 혼자 컵라면을 먹고, 일반 음식점을 가서도 홀로 잘 시켜 먹는다. 처음에는 힘들었는데, 어쩔 수 없이 혼자 먹게 되는 경우가 많아지면서 자연스럽게 혼자 먹는 것이 가능해졌다. 오늘 반드시 해야 할 일이 생기면 상대가 보자고 해도 잘 나가지 않는다.

홀로 했던 일 중에 가장 기억에 남는 건 단연코 여행이다. 오랜 시간의 직장생활에서 벗어나 겁 없이 홀로 떠났다. 걱정하실 부모님께는 여행 도중에 연락을 드릴 테니 걱정하지 말라고 안심을 시켰다. 여행 경비를 계산하고, 숙소를 예약했다. 맛집을 알아보고, 코스를 정하고… 이 모든 것을 홀로 진행했다. 처음에는 '내가 과연 혼자 잘할 수 있을까' 두렵고 겁이 났지만, 막상 여행을 떠나보니 별것 아닌 일이 되어버렸다. 아주 작은 용기가 나를 일으켜 세운 것이다.

강한 모습을 가지고 살아가는 것은, 상대방을 생각하기 이전에 자신에게 필요한 덕목이다. 주변에서 연애를 잘하는 친구들을 가만히 들여다보면, 옆에 반쪽이 없어도 크게 힘들어하지 않는다. 그래서 연애를 잘한다. 그 어떤 것보다도 내가 소중하고, 나를 사랑하는 자존감이 연애를 잘하도록 이끄는 것이다. 이런 마음들은 결혼해서 아이를 낳아 키워도 변함없다. 남편보다 아이보다 내가 더 중요하다. 결국 본인이 행복해야 다른 것들을 케어할 수 있기 때문이다.

우리나라에서의 연애는 너무 팍팍하고 힘겹다. 피는 물보다 진하다고 누가 말했던가? 피 한 방울 섞이지 않은 사람을 평생의 동반자이자 파트너로 만들기가 그리 쉬울까? 그 과정에 있는 연애가, 그래서 너무 어렵다. 어떻게 아무런 노력과 반성 없이 아름다운 결실을 이룰 수 있을까?

초반에 설레고, 서로 점차 알아가고, 한 공간 같은 시간 속을 함께 보내고, 서로 살을 섞으며 사랑을 나누고, 감정 소모를 하며 싸우고, 결국 둘만의 문제들을 극복하지 못하고 헤어지는 이 과정은 우리의 삶과 너무나 닮아 있다. 그래서 연애는 복잡미묘하다.

연애를 한다고 해서 모두가 결혼으로 가는 것도 아니다. 오히려 결별하는 확률이 더 높다. 남녀가 지속적인 사랑을 이끌어가기 위해서는 서로의 노력과 학습이 반드시 필요하다. 그래서인지 혼자이기를 선언하는 사람이 늘고 있다. 익숙해진 환경 속에서 아무런 생각 없이 혼자가 되어버린 건지, 둘이 되는 것이 어렵고 두려워서 혼자를 선택한 건지 명확하진 않지만 말이다.

요즘에는 혼자 생활하는 것이 익숙해진 시대이다. 내가 20대 초반만 해도 혼자 밥 먹는 것이 흔치 않았다. 혼밥하는 사람들을 이상하게 바라보는 사람들이 많아 혼자인 것이 어색했다. 하지만 지금은 TV, 인터넷, 각종 매체에서 혼자 사는 사람들의 생활을 여과 없이 보여준다. 너무나도 공감된다.

누구나 혼자가 편하다. 나를 제일 잘 아는 사람은 바로 나이기 때문이다. 하지만 청초한 한 송이 꽃보다는 두 송이의 향기가 더욱 멀리 간다. 혼자인 삶도 아름답지만, 두 사람이 함께하는 삶은 더욱 빛이 난다. 나와 다른 누군가가 나를 사랑하고 존중하고 배려해주는 것은, 혼자 잘 먹고 잘사는 것보다 가치 있는 일이다.

혼자 있으면 자유를 만끽할 수 있지만 공허함이 크다. 분명 연애가 가져다주는 충만함은 어느 정도 자유와 맞바꾼 것일 수 있다. 하지만 그 연애의 행위가 올바르다면 더할 나위 없는 충만함을 가져다줄 것임에 틀림없다.

스스로를 사랑한다면 타인도 당신을 사랑해줄 것이다. 연애는 날씨와 닮았다. 어느 날은 눈부시게 맑다가, 어느 날은 갑자기 흐려지며 비가 내리고 폭풍우가 쏟아진다. 폭풍우가 휘몰아치고 나면 언제 그랬냐는 듯 하늘은 더욱 청명해진다.

연애에 있어서 자존감은 정말 필요한 항목 중에 하나이다. 다만 이 자존감이란 것이 가만 놔둔다고 유지되는 것이 아니라는 점을 기억해야 한다. 자존감은 낮아지지 않도록 끊임없이 부여잡고 있어야 한다.

남자를 통해서 자신의 빈 곳을 채우려는 여자는 마치 앞을 알 수 없는 미로로 들어서는 것과 같다. 나약한 여자들은 남자친구와 사귈 때 늘 약한 입장에 놓이게 된다. 남자친구가 원하는 것을 하지 않으면 헤어질지도 모른다는 두려움에 쉽게 잠자리에 응한다. 결국 남자친구에게 버림받는다. 이런 식의 연애가 반복되면 절대 본인이 원하는 안정적이고 건강한 관계를 만들 수 없다.

혼자서도 아주 행복하다고, 말뿐만이 아니라 행동으로도 보여주는 여자가 되자. 남자는 그런 여자에게 끌린다. 자꾸만 그녀를 쫓고 싶고, 그녀의 마음을 훔치고 싶어진다. 남자들은 손에 넣을 수 없는 것을 더욱 애타게 갈망하기 때문이다.

그러므로 남자의 마음을 내 것으로 만들려고 너무 애쓰지 말자. 본인 안에 불만이 가득하면서 그것을 남자친구와 함께 해결하려고 하는 여자들이 있다. 자신의 내면이 충만하지 못해 생기는 마음의 병을 어찌하여 상대가 치유해주길 바라는가? 내 마음속의 병은 그 남자를 만나기 전에 있었던 것이다. 그가 당신의 마음병을 치유해주길 바라지 마라. 그것은 혼자 해결해야 할 일이다. 책임 전가를 하려고 하면 상대가 부담을 느끼고 함께 있기 버거워한다. 상대 탓할 필요 없다. 당신이 만든 결과물들이다.

당신이 저질러 놓은 일은 당신이 해결할 수 있다. 스스로 온전해진 후, 상대를 다정히 바라보며 아름다운 사랑을 했으면 좋겠다.

연애에 꼭 필요한 자존감 높이는 방법

무엇보다 가장 부끄러운 건 자신의 현재 상황을 속이는 행위다. 존재하는 그대로 인정하는 것이야말로 자신을 존중하는 또 다른 방법이다.

Q 조혜영 작가님, 안녕하세요. 얼마 전, 교제하던 남자친구와 헤어지고 혼자가 된 저는 올해 서른세 살이 되는 직장인이에요. 작가님이 쓰신 『혼자 사랑하고 상처받지 마라』를 읽으면서 공감도 많이 되고, 제 사랑에 대한 아쉬움도 남아서 이런저런 생각이 들더라고요. 저의 가장 큰 고민은, 저보다 잘났다고 생각하는 남자 앞에서 너무나 주눅이 든다는 점이에요. 적은 나이도 아니고, 연애 경험이 없었던 것도 아닌데 고쳐지지가 않네요.

제가 모든 면에서 도전보다는 안정적인 것만을 추구해 와서 더 그랬는지 모르겠지만, 지금까지 저에게 먼저 다가와주는 사람과만 연애를 해봤거든요. 한 번도 제가 먼저 누군가를 좋아해서 적극적으로 대시해본 적도 없고, 소심하게 대시해보고 안 되면 바로 접어버렸지요. 소개팅을 통해서 몇 번이나 조건도 좋고 호감이 갈 만한 분들을 만났음에도 불구하고, 저보다 잘 났고 괜찮다는 생각이 들면 저도 모르게 너무 주눅이 들어서 자연스럽게 행동하지 못하더라고요.

고백을 받고 막상 사귀게 돼도 제 스스로가 너무 괴롭습니다. 언젠가 이 사람이 나에 대해 잘 알게 되면 실망해서 떠날 거란 생각을 은연중에 항상 하고 있는 것 같아요. 자존감이 너무 낮 아서일까요? 아무튼 제가 좋아하는 분들이랑은 오래 사귄 적이 없어요. 오히려 제가 관심 없는 분들 앞에서는 당당하고 편하 게 행동하다 보니, 그런 분들의 대시로 안정적인 연애를 해왔 던 거 같아요.

어쩌면 저의 이런 행동들은 스스로에 대한 콤플렉스 때문인 지도 모르겠어요. 저는 지금 사립 대학교에서 계약직으로 근무 하고 있는데, 소개팅으로 만나는 분들은 제가 정규직 교직원이 라고 생각합니다. 그것도 너무 부담스럽고, 요즘 남자 분들은 조건을 많이 보시니까 집안도 너무 신경 쓰여요. 부모님이 3년 전에 이혼하셔서 어머니와 둘이서 살고 있는 데다가 집안 형편 도 예전처럼 좋지 못하거든요.

이야기가 다른 곳으로 흘렀는데요. 좋아하는 사람 앞에서 주 눅이 들고 마는 저의 고질병을 지금이라도 고치지 않으면, 저

48

는 정말 원하지 않는 연애만 하다가 결혼도 못할 것 같아요. 어떻게 하면 좀 더 당당하게, 제가 좋아하는 사람과도 자연스럽게 만날 수 있을까요?

A   제가 학습지 교사 시절에, 그러니까 8년 전쯤 친하게 지냈던 동생이 있었어요. 그 당시 동생에게는 남자친구가 있었는데, 매번 그녀가 하는 일을 도와주러 집을 가더라고요. 그녀의 집을 수시로 들락날락하기에 남자친구가 일이 없어 여자친구한테 집착하는 건 줄 알았어요. 그런데 알고 보니 그게 아니더라고요. 그는 그녀가 그저 좋아서 갔던 거래요. 더군다나 남자친구는 금수저 집안의 아들이었어요. 경제적으로 어려웠던 동생에게 어떤 물질적인 도움을 받으려고 하거나 집착하는 게 아니었던 거죠.

동생이 경제적으로 어려웠다고 이미 언급했는데, 실제 동생의 가정환경은 어땠을까요? 동생은 아주 어린 시절부터 이혼한 엄마와 단칸방에서 살았대요. 이혼으로 생계가 힘들어진 엄마는 온갖 일을 다 다니면서 동생을 키워내셨고요. 그러시다 결국 유방암 판정을 받으셨어요. 이제 집안에서 돈 벌 사람은 그녀뿐이었죠. 낮에는 공부하고 밤에는 아르바이트를 하면서 그녀는 가장 역할을 톡톡히 해냈어요.

그런 상황에서도 아버지를 찾아뵙기도 하더라고요. 그녀는 어머니도 존중하고 아버지도 존중한 거죠. 저는 그게 너무 신기했어요. 그 당시는 저도 나름대로 인생에서 힘든 시기를 보내고 있다고 생각했는데, 그 친구는 저보다 더 힘든 상황인데도 힘든 내색 없이 항상 밝았거든요. 그래서 그 친구에게 이런 상황이 원망스럽지 않냐고 물어봤어요. 그랬더니 그 친구가 저한테 굉장히 속 깊은 얘기를 하더라고요.

"언니, 저는 단 한 번도 부모님을 원망한 적이 없어요. 어떤 책에서 읽었는데, 부모는 제가 선택한다고 하더라고요. 사실 두 분이 아니었으면 제가 태어날 수도 없었을 거잖아요. 살아온 날보다 살아갈 날이 많고, 지금 이 순간을 행복하게 살고 싶으니까 그 누구도 탓하고 싶지 않아요."

너무너무 현명하지 않나요? 그 말을 하는 내내 그녀의 얼굴에서 빛이 나더라고요. 그녀는 부모님을 바꿀 순 없지만 나 자신을 바꿀 수 있다는 것을 잘 알고 있었던 거죠.

남자친구는 분명 이 친구의 밝은 모습에 매료되었을 거예요. "넌 어떨지 모르지만, 난 이렇게 살고 있어"라고 당당하게 말하는데 누가 싫어하겠어요? 단칸방에 살고 있으면서 그러기 정말 쉽지 않거든요. 그녀는 돈이 없다고 해서, 상황이 남들과 다르다고 해서 절대로 주눅 들지 않았어요.

그토록 멋진 그녀가 몇 년 뒤 결혼한다고 청첩장을 보내왔어요. 사연을 들어보니, 남자친구가 결혼하는 조건으로 그녀의 집안에 있는 빚을 다 갚아줬다고 하더군요. 물론 결혼 비용도 들지 않았고요. 제가 드리고 싶은 말은, 동화 속 주인공처럼 마냥 '나도 저렇게 될 수 있지 않을까?'라며 허무맹랑한 꿈을 꾸라는 게 아닙니다. 신데렐라를 가장한 연극을 하라는 것도 아니고요. 다만 긍정의 기운을 유지해야 한다는 거죠.

부모님이 이혼하면 아이의 자존감이 낮아진다고 합니다. 이는 아이가 버림받았다는 잘못된 생각 때문에 일어나는 현상인데요. 생각해보면 부모님의 이혼은 아이와 상관없어요. 오직 부모인 두 사람의 결정으로 일어난 일일 뿐이죠. 그런데도 아이들은 '나 때문에 부모님이 이혼하셨을 거야'라는 망상을 하게 됩니다.

아이는 어머니의 자식이자 아버지의 자식입니다. 그 사실은 변하지 않죠. 부모인 두 사람은 원래 맞지 않았던 신을 벗은 것일 뿐입니다. 자식은 그저 당신을 낳아준 아버지로서, 어머니로서의 '존중'만 해주시면 됩니다.

간혹 "우리 아버지가 엄마를 두고 바람을 폈어!", "우리 아버지는 나쁜 사람이야!" 같은 말을 하는 친구들을 볼 수 있는데요. 아버지를 선택한 사람은 어머니 아닌가요? 어머니의 선택에 왜 당신이 빨간 깃발을 들고 있는 거죠? 저는 그런 분들에게 이렇게 말하고 싶네요.

"당신은 어머니를 존중하지 않아요. 어머니를 존중한다면 아버지를 미워할 일은 없을 겁니다."

때때로 자식들은 잘못된 사랑의 방식과 아버지에 대한 적개심으로 어머니를 보호하려고 하는데, 그건 부모님 모두를 힘들게 하는 행위입니다. 더 나아가 당신이 아버지의 역할을 자처한다면 심각한 불균형을 초래하고 맙니다. 자식은 그저 자식으로서의 역할만 충실하면 되는 겁니다.

나보다 잘났다고 생각하는 남자 앞에서 자꾸만 주눅이 든다고 하셨는데, 그런 부정적인 생각, 내 미래를 갉아먹는 생각 따위는 단 1%도 하시면 안 됩니다. 그런 생각이 들면 자꾸 전환시켜야 해요. 머리를 흔들면서 잽싸게 생각을 바꾼다거나, 밖에서 바람을 쐬고 오는 것도 좋은 방법이 될 수 있겠죠.

상담 글을 보면 자신의 현재 상황을 숨기고 싶어 한다는 사실을 알 수 있는데요. 결국 다 드러나게 될 테니 숨기려고 하지 마세요. 당신이 처한 상황은 창피한 게 아녜요. 누구에게나 말 못할 힘든 일은 존재하니까요. 깊이 들어가 보면 이 문제는 대한민국이기에 생기는 문제이기도 하잖아요? 당신이 만든 게 아니라는 거죠. 사회적 책임도 함께 포함된 겁니다.

무엇보다 가장 부끄러운 건 자신의 현재 상황을 속이는 행위예요. 존재하는 그대로 인정하는 것이야말로 자신을 존중하는 또 다른 방법이라는 걸 잊지 않으셨으면 합니다.

친구 사이를 연인 사이로 바꾸는 법

내가 호감을 느끼는 만큼 상대도 호감을 느껴야 한다. 그리고 지금까지 보여주지 않은 새로운 모습들로 자신을 어필해야 한다.

15년도 더 된 프로그램 같다. 링 위에서 서로 하고픈 말을 다하여 오해를 풀고 화해하는 프로그램이었다. 거기 게스트들을 잊을 수 없다. 같은 반 친구였던 남학생과 여학생이 링 위로 올라왔다.

남 : 니 내한테 잘못한 거 없나?

여 : 뭐, 니 맨날 내한테만 그러제?

남 : 뭐?

여 : 맨날 내한테 못생겼다고 놀리고, 뭐 자꾸 시키기만 하고. 사과해라!

남 : 싫다, 니가 내한테 더 잘못한게 많지! 니가 사과해라!

여 : 우리 수학여행 갔을 때, 니 해운대 가서 내한테 물 많이 먹였다 아니가! 내가 니 때문에 얼마나 고생했노. 사과해라!

남 : 싫다. 네가 먼저 사과해라.

여 : 니, 내한테 바라는 게 뭔데?

남 : 사실은 다른 게 있다. 사실 1학년 때부터 니랑 티격태격 많이 하면서 니 많이 좋아한 거 같다. 항상 밖에 있을 때는 니 걱정에, 그리고 2년 동안 쌓았던 정이 이제 내한테는 허물수 없는 좋아하는 마음이 됐다. 며칠 전에 니 생일이었잖아. 생일 케이크 줄게. 이 마음 받아도!

링 아래에서 지켜보고 있던 친구들이 환호성을 질렀다.

여 : (쑥스럽다는 듯 웃으며) 니 괴롭혀서 미안하고, 니가 정감 가게 생겼잖아. 그래서 그런 거다.

남 : 앞으로 변함없는 그런 모습 보여도. 항상 너 생각하며지낼게.

그렇게 두 사람은 2년간의 우정을 사랑으로 발전시켰다. 화면을 보는 내내 가슴이 설레며 입가에 저절로 미소가 번졌다.

어찌 보면 남녀 간의 우정은 유지하는 게 힘들지 사랑으로 발전시키기는 쉬운 것 같다. 좋아하는 마음을 애써 감추고 통제하기란 참으로 어렵다. 만약 오랜 시간 동안 친구(직장 선후배 혹은 지인)였던 그(그녀)가 어느 날 갑자기 이성으로 느껴지기 시작했다면? 혹은 처음부터 상대에게 관심은 있었지만 관계에 발전이 없는 상태라면? 이런 경우, 단순한 친구 사이를 어떻게 연인 사이로 발전시킬 수 있을까?

일단은 내가 호감을 느끼는 만큼 상대도 호감을 느껴야 한다. 어찌 보면 당연한 소리이다. 나 혼자만 북 치고 장구 치고 해봤자 상대가 관심이 없다면 혼자 하는 사랑이나 다름없다. 남녀 간에는 싸우다가 정이 들기도 하고, 어떤 상황에서 자연스럽게 호감이 생기기도 한다.

친구 사이에서 연인 사이로 발전한 친구들 이야기를 들어보면 참으로 다양한 사연들이 존재한다. 의외의 모습을 봤을 때, 자연스러운 스킨십이 오갈 때, 사소한 것을 챙겨주거나 나를 먼저 생각할 때, 아픈데 챙겨줄 때, 나에게 눈웃음 쳤을 때, 다른 약속 미루고 나를 만나러 올 때, 다른 이성과 있는 것을 질투할 때 등등.

친구 사이에서 연인으로 발전하려면 지금까지 보여주지 않은 모습들을 보여주고, 자신을 어필해야 한다. 여자라면 무엇보다도 피부에 신경을 쓰자. 피부가 좋으면 예뻐 보인다. 끊임없이 피부를 관리하고, 묶었던 머리도 풀어보고, 청초한 향이 나는 향수도 뿌려보자. 자신만의 향기로 어필해보는 것도 좋다.

남자라면 의상, 머리에 신경을 쓰자. 평소에 그녀 앞에서 입지 않았던 옷들을 입고, 머리도 단정하게 가꿔보자. 여자들은 남자들의 외모보다는 풍기는 느낌을 중시하니까 이미지 관리에 초점을 두자. 여자들은 예쁘다고 말해주면 좋아한다. 그녀가 꾸미고 나왔다면 "오늘 예쁜데?"라고 한마디 건네자.

상대가 좋으면 좋아하는 티를 넌지시 내라. 남자가 한 여자에게 관심이 쏠으면 대부분의 여자들은 눈치를 챈다. 그러니 여자도 남자가 마음에 든다면 좋아하는 티를 살짝 내주는 것이 좋다. 그러면 남자는 큰 용기를 얻어 당신에게 고백할 가능성이 높아진다.

고백할 때는 진심을 담아서 담백하게 마음을 전달하자. 원래 연애는 유치하다. 이 과정이 쑥스럽더라도 잘 헤쳐나간다면 핑크빛 연애를 할 수 있을 것이다.

의외의 모습을 봤을 때
(여자라면 보호본능 일으키게, 남자라면 조금 더 남자답게)

- 평소에 만날 때는 입지 않았던 옷을 입고 나간다.
"너 오늘 왜 이렇게 잘 입고 왔냐?"
"응? 나, 누구 좀 만나고 왔어."
"오늘 괜찮네, 예쁘다."
누구 좀 만나고 왔다고 했지만 집에서 바로 나갔다. 한마디로 예쁘게 보이고 싶었던 것. 남자의 입에서 예쁘다는 소리가 나오면 성공적이다. 만약 당신이 남자라면 입지 않았던 양복을 입고 나가보거나, 머리 스타일을 바꿔보거나, 향수를 뿌리고 나가는 것이 도움이 된다.

자연스러운 스킨십이 오갈 때

- "야, 거기 가보자"하면서 자연스럽게 손목을 잡는다.
- 핸드크림을 바르려고 하는데 양이 너무 많이 나오면 "야, 손 줘봐." 하면서 나눠바르면 된다. 어깨도 살짝 부딪혀가면서…
- 겨울이라면 "야, 립 밤 있어? 있으면 좀 줘봐. 입술 다 텄어. 그치?" 하면서 상대방의 립밤을 바른다. 이런 행동은 상대의 마음을 설레게 한다.

사소한 것을 챙겨주거나 나를 먼저 생각할 때

- 저녁 늦은 시간까지 만났다면 "집에 데려다 줄까?"라고 자상하게 물어본다. 상대가 "갑자기 왜이래?"라고 한다면, "갑자기는 무슨, 시간이 늦었으니까 그렇지. 밤거리 위험해."라면서 상대를 생각하고 걱정하는 마음이 느껴지도록 한다.
- "나 오늘 상사한테 깨졌어."라면서 풀이 죽어 있다면, "야, 그 상사가 너한테 뭐라고 했는데? 미친 거 아냐? 안되겠네, 다음에 다시 한 번 더 그러면 나한테 다시 말해! 내가 확 다 엎어줄 테니까. 내가 다 화나네, 사람들 다 보는데서 그랬대?" 이렇게 상대가 더 화를 내거나 신경 써주면 급 호감이 생기게 된다.

다른 이성과 있는 것을 질투할 때

- 이성을 만나거나 언급해보라. 질투심을 유발하는 거다.
  "나, 어제 OO오빠가 만나자고 해서 만났잖아."
  "그 학교 오빠? 갑자기 왜 만나자고 그러는 거야?, 그리고 너는 만나자고 하면 그냥 만나고 그러냐?"
  이성 친구를 만난다고 했을 때 더 예민하게 반응하면 당신을 신경 쓰고 있는 것이 된다.

더 오래, 달콤하게 사랑하는 비결

달콤한 허풍과 사랑의 약속을 너무 믿지 말고, 스스로 대처할 수 있는 일은 스스로 하자. 서로 규칙을 정해 지키고, 되돌이표 문제는 아예 언급을 말고 항상 새롭게 출발해야 한다.

연애할 때 여자들의 고민거리 중 하나가 바로 "남자친구가 사랑이 식었나 봐요, 또 약속을 어겼어요!"이다. 우리는 이미 알고 있다. "이거 팔아도 남는 거 없어요.", "3주 만에 20kg 감량 가능해요.", "담배, 이것까지만 피고 끊을 거예요", "나, 오늘 완전 쌩얼이잖아."라는 말들은 우리를 혹하게 하지만, 실제 껍질을 벗겨보면 현실세계에서 일어나는 '거짓'일 뿐이라는 사실을 (간혹 진짜인 경우도 있지만). 하물며 사랑하는 남녀 사이에는 오죽할까. 그들만의 달콤한 속삭임에 포함된 거짓말들을 우리는 다 헤아릴 수 없다.

예전에 원룸에 살다가 만기가 되어 이사를 한 적이 있다. 살고 있던 원룸에서 그리 멀지 않은 거리로 이사할 계획이었는데, 그 사실을 남자친구에게 말했더니 기세등등하게 말했다.

"이사는 걱정하지 마. 짐도 얼마 없어서 내 친구랑 둘이서 옮기면 30분도 안 걸리니까. 알겠지? 아, 그리고 짐도 따로 포장할 필요 없을 거야. 박스에 넣는 것도 금방이니까. 오빠가 다 알아서 할게!"

"우와, 역시 우리 오빠, 최고네! 고마워 자기!"

대답은 그렇게 했지만 나는 전화를 끊고 내심 걱정이 되었다. 정말 회오리바람 불듯 이사업체처럼 할 수 있을 것인가? 짐이 적다곤 하지만, 구석구석 알짜배기 물건들도 꽤나 많은데, 아무리 그래도 이걸 30분 만에 옮길 수 있을까?

그래서 나는 이사 일주일 전부터 박스를 구해와 짐을 옮기기 편하게 정리해두었다. 그는 이사 당일 30분쯤 늦을 것 같다며 미안해했지만, 나는 화를 낼 이유가 없었다. "아니야, 괜찮아. 차 조심해서 천천히 와."라며 여유롭게 말할 수 있었고 늦게 도착한 그를 반갑게 맞이했다. 그는 박스로 정리된 내 짐을 보더니 "이걸 언제 정리한 거야?"라고 물었고 나는 "아, 이거? 오빠들고 가기 편하라고. 시간 얼마 안 걸렸어."라고 말했다. 그는 더 이상 아무 말도 안 했지만 내심 흐뭇해하는 표정이었다. 내가 그에게 부담감을 덜어줬다는 느낌을 받았다.

나는 짐 옮기는 오빠와 그의 친구에게 정말 최고의 남자들이라며 치켜세우기 바빴다. "오빠 너무 고마워.", "우리 오빠밖에 없네." 이사 당일 최고의 립 서비스로 그들에게 힘을 실어주었을 뿐 전혀 힘 들이지 않고 이사할 수 있었다. 물론 소소한 짐들은 기꺼이 옮겼다!

이사하기 일주일 전부터 짐 싸느라 좀 힘들긴 했지만, 만약 내가 미리 이사 준비를 해두지 않았더라면 어땠을까? 오빠만 믿고 마냥 기다리고 있었다면, 30분 늦게 도착한 그를 반갑게 맞이할 수 있었을까? 단연코 아닐 것이다. 겉으론 괜찮은 척했을지라도 속으론 '이 사람이 나에 대한 마음이 식었나?'라며 괜한 상상의 나래를 펼치고 있진 않았을까? 어쩌면 짐 싸는 데 시간을 많이 소모해서 짐을 옮기기도 전에 오빠와 오빠 친구는 이미 기진맥진했을 수도 있었다.

사실 이처럼 현명하게 대처할 수 있었던 건 여러 번의 시행착오가 있었기 때문이다. 남자친구는 내가 올빼미형 인간임을 잘 알고 있었다. 나와 통화를 하다가 다음날 아침 일찍 내게 중요한 일이 있다는 사실을 알고는 "내일은 반드시 내가 일찍 깨워줄게!"라며 큰소리를 쳤다. 나는 그런 오빠를 믿고 꿈같이 달콤한 잠을 잤지만, 오빠는 다음날 나를 깨워주지 않았다. 그렇다, 그는 깜박했던 것이다. 나는 보기 좋게 그날 일 처리를 제대로 하지 못했다.

그것에 대한 화살은 당연히 오빠에게 돌아갔으며, 나는 예민해질대로 예민해져서 불같이 쏘아댔다. 사실은 그런 내 모습 때문에 나는 더 화가 치솟았다. 그래서 더욱더 견디기가 힘들었다. 오빠에게 화풀이 아닌 화풀이를 했지만, 내가 알람을 맞추고 긴장한 채로 잠자리에 들었더라면 그런 상황은 일어나지 않았을 테니까.

대한민국 모든 법규를 지키며 살 수 없는 것처럼 우리는 모든 약속을 지키며 살기 어렵다. 남녀 간의 약속도 그렇다. 그러니 남자가 당신에게 했던 달콤한 허풍과 사랑의 약속을 너무 믿지 말고, 스스로 대처할 수 있는 것은 스스로 하는 것이 좋다.

어느 날, 세미나가 끝난 후 결혼 3년차인 친구와 만나기 위해 스타벅스로 향했다. 그녀는 SNS로 남편과 화기애애한 모습을 많이 보였던 터라, 이야기의 주제가 집안 문제가 될 것이라곤 생각지 못했다.

"혜영아, 우리 남편은 내 말에 반항하는 재미로 사는 것 같아. 내가 무슨 말만 하면 귓등으로 들어. 정말 듣는 둥 마는 둥 한다니까."

"혹시 이런 반응 아니야? '그런 거 난 잘 모르겠고~' 하면서 무조건 네 의견에 반대하는 것 같은 느낌?"

"어, 맞아 맞아, 딱 그 느낌이야. 그래서 너무 짜증나고 스트레스 받아."

"그러니까. 잔소리를 하면서 너무 감정적으로 네 마음을 표현하면 안 되는 거지. 그럼 남자들은 저 사람 또 시작이야라며 두 귀를 닫아버리거든. 그럴 때일수록 너의 발톱은 숨기고 슬며시 다가가야 해."

우리 엄마는 한 번씩 아빠에게 잔소리를 퍼부으신다. 등산을 다녀와서 씻지도 않고 바로 누우면 어떡하느냐, 밤을 깠으면 껍질을 치워야지, 맨날 치우는 건 내 몫이다, 이걸 쓰고 여기 두면 안 되지 않느냐, 내가 몇 번 말했냐… 정말 끝이 없다.

내가 듣고 있어도 선생님과 제자가 따로 없고, 나 같아도 아빠처럼 엄마 말을 안 듣고 싶겠다는 생각이 들었다. 아빠의 행동에 엄마는 짜증이 나겠지만, 아빠의 입장에서는 '내가 이러려고 결혼을 했나, 잔소리쟁이 또 시작한다, 나는 귀를 막아야겠다, 언제 저 짜증스런 드라마가 끝날까?'라는 생각이 들만도 하다. 그러니 아빠는 엄마의 말을 귓등으로 듣게 되고 여전히 자신의 의견을 고수하는 것이다. 아빠는 이것 말고는 달리 방도가 없는 듯 보인다.

그렇다면 어떻게 해야 엄마는 잔소리쟁이에서 사랑스런 아내로 변신할 수 있을까? (여담으로 실제로 아빠 휴대폰에 저장된 엄마의 이름은 '잔소리잼'이다.) 방법은 의외로 간단하다. 둘만의 체계를 만들면 된다.

"이 물건은 쓰고 반드시 여기에 두세요. 이건 너무 작아서 여기에 두지 않으면 찾을 방도가 없거든요.",

"밤 열한 시 이후에 들어오게 될 때는 미리 말해주는 게 좋겠어요. 가족이 마냥 기다리는 건 원하지 않거든요."

이처럼 서로 규칙을 정해 지키거나 아예 문제에 대해서 일체 언급하지 말아야 한다. 그렇다. 문제는 그것을 넣어두는 창고에 두고 항상 새롭게 출발하는 것이다. 그게 서로에게 또 하나의 해결책이 될 것이 틀림없다.

이쯤에서 내가 알고 있는 한 부부 이야기를 하려고 한다. 아내와 남편 둘 다 사회생활하기 바쁜 직장인이다. 평일 하루 종일 일을 하고 집에 돌아오면 둘은 녹초가 되어 침대와 한 몸이 되기 바쁘다. 그러다 보니 자연스레 집안일은 미뤄지기 일쑤였고, 밀려가는 빨래와 집안일에도 만만찮은 스트레스를 받고 있던 터였다.

이때 아내가 한 가지 제안을 했는데, 그것은 바로 일주일에 두 번 가정부를 부르는 것이었다. 남편은 아내의 의견에 동의

했고, 둘은 집에 들어와서 스트레스 받는 일이 없어졌나. 그녀는 내게 말했다.

"언니, 화장실 청소하면서 스트레스 받지 않아도 되고, 걸레질하느라 바닥에 무릎 꿇은 내 모습을 남편에게 보이지 않아도 되니 얼마나 좋아요? 저는 돈을 써서 우리 둘 사이를 행복하게 할 수 있다면 그것은 정말 현명한 대처라고 생각해요"

연인을 사로잡는 언어의 기술

상대방이 자신의 말에 공감해주는 것이 느껴지면 더욱 속 깊은 말을 할 수 있다. 공감한다는 것은 내면의 울림을 들을 수 있게 해주며, 죽어가는 관계를 되살리도록 도와준다.

"자기, 내가 당신 때문에 얼마나 힘든 줄 알아요? 그때 이거 한다고 해놓고 왜 안 해요. 자기가 한다고 해서 신경도 안 쓰고 있었는데, 이게 뭐예요. 이것 때문에 오늘 하루 종일 신경 쓰여서 아무것도 못했단 말이에요. 나한테 왜 이러는 거예요? 제발 부탁이에요. 신경 좀 써주세요."

이런 말을 듣는다면 상대는 어떤 반응을 할까? 불 보듯 뻔히 짜증스런 대답이 돌아올 것이다. 이렇게 따지고 애원하는 듯한 말투는 상대에게 심한 거부감을 일으키게 된다. 이러한 방식으로 상대에게 요구한다면 상대는 당신이 원하는 진짜 요구를 알아듣기 힘들다.

여기에다 "자기, 난 자기에게 존중받을 만한 사람이에요!" 혹은 "나는 이것을 꼭 받아내겠어!"라는 느낌을 받게 되면, 여자의 끝도 없는 하소연에 상대는 두 귀를 닫고 부정적인 반응을 보이게 된다. 이보다 더욱 안타까운 건, 여자는 상대의 반응이 자신 때문이라는 것을 인지하지 못한다는 점이다. 남자에게 거부당했다는 느낌만 강하게 받은 여자는 또다시 상실감에 빠지는 것이다.

거부당할지 모른다는 두려움 때문에 대부분의 사람들은 자신이 진짜 원하는 바를 표현하기 어려워한다. 보통 이러한 두려움은 어린 시절의 영향력이 크다. 엄마나 아빠에게 "너 그렇게 하면 못 써!", "시험 잘 치면 이거 사줄게", "형편도 어려운데 새 거 말고 중고로 사." 등의 말을 듣고 자란 아이는, 자신의 의사가 부모님에게 거절당했다는 기억을 고스란히 간직하고 있기 때문이다.

내가 여섯 살 때 목욕탕에서 있었던 일이다. 목욕을 끝내고 머리를 빗고 있는데 또래 꼬마아이가 내 빗을 빼앗았다. 나는 놀라서 다시 뺏으려 힘을 주었지만, 결국 그 아이가 자신의 빗인 양 획 가져가버려 너무 당황했었다. 나는 어쩔 줄 몰랐다. 당시는 너무 어려서 "그 빗은 내가 집에서 가져온 거야. 목욕탕 물건이 아니란 말이야!"라는 말을 어떻게 해야 할지도 몰랐다. 아무리 어렸더라도 그 상황은 생생하게 기억한다.

그 일이 있고 나서야 내 욕구를 명확하게 말하지 못한다는 것이 얼마나 큰 고통을 가져다주는지 알 수 있었다. 느낌을 표현하지 않을 때는 반드시 무거운 대가를 치르게 되어 있다. 이것이 세상의 이치다.

우리는 문제의 상황 자체가 아니라, 그 상황을 바라보는 관점 때문에 고통을 당한다. 한 지붕 아래 사는 가족끼리 서로의 마음을 내보이지 않아 자꾸 소통이 힘들어진다면 그 대가는 더욱 심각해진다. 현재 겪고 있는 자신의 감정을 표현할 수 있는 어휘를 늘리면, 가까운 사이뿐만 아니라 사회생활에도 많은 도움이 된다.

타인들과 아무런 구애 없이 자유롭게 대화하기까지 우리에게는 많은 시간이 필요하다. 상대와 처음 만나 연애를 시작하면 서로 부담감 없이 행복한 관계를 맺는다. 이 시기에 상대를 제대로 바라볼 수 없는 눈이 생기게 되는데, 그것이 바로 '콩깍지'다. 이 단계를 넘어 더 진지한 관계로 들어서면 서로에 대한 책임감을 느끼게 된다. 이때 둘 사이에 트러블이 생기거나 문제가 발생하면, 그 문제로 인하여 서로가 힘들어진다. 우리만의 문제로 상대가 힘들어한다는 사실을 알게 되면 당신 또한 고통이기에 둘의 관계에서 벗어나고 싶다고 느낀다.

다른 사람의 감정에 내가 책임을 물고, 나를 구렁팅이로 넣으면서 남의 기분을 맞춰주는 행위를 할 때는 반드시 혹독한 대가를 치르게 된다. 이때 오는 반응은 사람마다 다양하지만, 내면의 소리를 무시한 것에 대한 분노와 후회로 다시금 시간을 되돌리고 싶어지거나 자신을 싫어하게 된다.

상대방을 진심으로 대하려면 어떻게 해야 할까? 바로 공감이다. 공감은 타인의 감정, 의견, 주장 따위에 대하여 자기도 그렇다고 느끼는 정도를 말한다. 공감하기 위해서는 상대방이 가진 것들에 대한 내 생각을 일체 배제해야 한다. 그러나 우리는 공감하기보다는 설득과 조언을 일삼고 때론 다른 상대의 편을 들기도 한다. 솔직히 말하면 설득이나 조언보다는 '침묵'으로 일관하는 것이 더 낫다.

어느 날 지저분한 머리카락을 정리하러 헤어숍에 갔다. 그 당시 나는 짙은 쌍꺼풀이 너무 부러워서 진지하게 고민하고 있었다. 머리를 만져주는 디자이너 선생님과 대화를 나누다가 성형에 관한 이야기를 주고받게 되었고, 나는 내 속내를 드러내고야 말았다.

"선생님, 저 사실 쌍꺼풀을 진하게 하고 싶어요."

"괜찮은데요? 지금이 가장 아름다우신 걸요! 부모님이 물려주신 그대로가 가장 좋아요."

  선생님은 나의 외모를 칭찬하고 싶은 거였는지 몰라도 나는 기분이 별로 좋지 않았다. 진정으로 내가 원했던 것은 다름 아닌 공감이었기 때문이었다. 눈치 없이 상대를 안심시키려고 들기보다는, 공감의 언어로 물어보면 어떨까? "지금 쌍꺼풀이 마음에 안 드세요?"라고 말이다.

  우리는 무엇 때문에 상대의 마음에 공감하기가 어려운 걸까? 답은 간단하다. 상대가 가진 고민과 문제에 대한 답을 제시해 주고, 그 사람의 다운된 감정을 끌어올려야 한다는 생각 때문이다.

  같은 날 내 남사친(남자사람친구)은 "여자친구가 도저히 내 마음을 헤아려주지 않아. 어떤 말도 듣지 않아."라고 했다. 그때 나는 "네 마음이 너무 힘들어서 다시 여자친구와 잘될 방법을 찾고 있는 거구나?"라고 말함으로써 그가 원하는 욕구를 끄집어낼 수 있었다. 상대가 한 말을 바꾸어서 말했을 때 공감의 효과는 빛을 발하게 된다. 내 말을 들은 친구는 그제야 진짜 자신의 고민을 이야기하기 시작했다.

  "혜영아, 실은 내가 바람을 폈거든. 아마 그 영향 때문에 그러는 것 같아."

상대방이 자신의 말에 공감해주는 것이 느껴지면 더욱 속 깊은 말을 할 수 있다. 그러나 당장 당신이 너무 힘이 들어 상대의 마음을 공감해주기 힘들 때는 어떻게 해야 할까? 당신 마음이 힘들다는 것은, 다른 말로 '나 역시도 공감 받고 싶어'를 의미한다. 그럴 때는 당신 역시도 어떠한 깊은 상처 때문에 상대의 말에 공감이 힘들다는 것을 표현해야 한다. 그래야 당신 역시 공감 받을 수 있다.

자신의 내면의 울림에 귀를 기울인다면 외부에서 일어나는 소리를 더 잘 듣게 된다. 공감한다는 것은 내면의 울림을 들을 수 있게 해주며, 죽어가는 관계를 되살리도록 도와준다. 자신의 말을 잘 들어주는 사람들과 어우러져 살아가면 마음의 아픔을 이겨낼 수 있다.

2장

나는 연애가
가장 쉽다

연애는 속도가 아니라 방향

우리는 진실한 사랑을 찾기 위해 무던히 애쓴다. 그러나 평생을 내 옆에 붙어살 사람을 찾는 과정은 결코 쉽지 않다. 내 사람을 찾고 유지하기 위해서는 나의 모든 감각들을 동원하여 사랑하고, 상대방을 있는 그대로 존중해주어야 한다.

도대체 연애와 사랑은 우리에게 무엇일까? 당연한 얘기지만 연애를 하기 위해선 사랑이 뒷받침되어야 한다. 무엇이든 사랑이 기초가 되어야 한다. 사랑은 우리를 살게 한다.

내가 사인회를 가면 언제나 적는 말이 있다.

예쁜 사랑하세요. 사랑이 가장 강력한 에너지입니다.

사랑은 생명이다. 이 세상에 모든 것들은 작은 알이나 씨로 시작한다. 식물이라면 그 씨앗에 물과 사랑을 준다. 밤낮없이 돌봐주고 관심을 주어야만 열매를 맺기 때문이다. 사랑도 마찬가지다. 사랑도 생명이라 노력과 관심, 그리고 아낌없는 사랑을 주지 않으면 죽어버린다.

우리는 사랑에 빠지면 두 눈이 멀어버린다. 사람들은 "너 대단한 콩깍지가 씌었구나.", "대단한 사랑 나셨어!"라고 말한다. 실제로 사랑에 빠진 사람들의 뇌를 살펴보면 비판적인 기능을 담당하는 부위가 활동하지 않는다고 한다. 더블 효과로 긍정적인 부분을 담당하는 뇌의 기능은 더욱 활기를 띈다. 그래서 사랑에 빠지면 사리분별하기가 몹시 힘들 수밖에 없다.

문제는 보통 이 기간이 2년을 넘기지 못한다는 데 있다. 그래서 우리는 상대가 한없이 좋다가도 시간이 흐를수록 서로를 잡지 못해 안달이 나는 것 아닐까? 어쩌면 변해가는 사랑을 지켜내기 위해 서로를 더 힘들게 하는 걸지도 모르겠다. 많은 커플들이 이 시기에 흔들리고, 속절없이 좌절하기도 한다. 연애를 오래한 사람들을 보면 이러한 시기를 잘 견뎌온 경우가 많다.

보통은 사랑에 빠지면 아프지 않다. 오히려 기운이 펄펄 난다. 그러나 그 사랑의 종착역에 다다르면 금방 죽어버릴 것처럼 아프다. 열이 나고 얼굴이 화끈거리며, 아무것도 하기 싫고, 이유 없이 짜증도 나고 화도 난다. 우리는 이걸 무한 반복하면서 살아간다. 내 생명이 다할 때까지 말이다.

앞으로 평생을 내 옆에 붙어살 사람을 찾는 과정은 결코 쉽지 않다. 내 사람을 찾고 유지하기 위해서 얼마나 많은 노력이 필요한가? 내가 지금 하고 싶은 것, 먹고 싶은 것, 가고 싶은 곳 등 무수히 많은 것들을 서로가 포기하면서 맞춰 나가야 한다. 별것 아닌 것처럼 들릴지 몰라도, 이건 중요한 대목이다. 그래서 힘든 거다. 나의 모든 감각들을 동원하여 사랑하고, 상대방을 있는 그대로 존중해줘야 하는 거니까.

노력 끝에 오는 사랑의 상실감에 사람들은 미칠 것 같다고, 죽고 싶다고 말한다. 사랑하는 사람과 헤어지면 힘든 것이 정상이다. 견딜 수 없을 만큼 힘들면, 속으로 끙끙 앓지 말고 있는 그대로 슬퍼해야 한다. 충분히 슬퍼한다면 당신은 그 무시무시한 태풍 속을 무사히 지나갈 수 있다.

내 사랑만 유독 아픈 게 아니다. 이별 앞에서 아무렇지도 않은 사람은 없다. 내 아픔을 들여다보기 너무 힘들지만, 그 과정을 거쳐야만 반드시 성장할 수 있다. 우리가 쓰디쓴 이별을 겪는 이유는 단지 겪어야 하는 일이기 때문이다. 당신 앞에 일어나는 모든 일들은 모두 다 당신을 위해 일어나는 일이다.

이별은 성장하기 위한 발판이기도 하다. 다음번에 비슷한 일이 생기면 좀 더 현명하게 대처하라는 선물이다. 그러니까 '내가 이랬으면 어땠을까? 저렇게 행동했다면 상황은 달라졌을까?'라며 지나온 과거에 얽매이지 말자.

지금은 당신의 슬픔이 제일 크게 느껴지겠지만, 세상에는 나보다 더 아픈 사람들이 존재하기 마련이다. 지금은 끝이 없을 것처럼 느껴지는 고통일지라도 언젠가는 엔딩이 있다는 것을 기억하자. 그리고 그 엔딩은 당신만이 앞당길 수 있다는 사실도!

내 사촌동생은 패스트푸드를 좋아했다. 유독 피자를 좋아했던 동생은 피자집에서 아르바이트를 시작했다. 매일 피자와 스파게티를 먹을 수 있다며 기쁨을 감추지 못했던 그녀가 6개월 뒤 아르바이트를 그만두었다. 그 사이 살도 많이 찌고, 얼굴에는 여드름이 생기고, 변비가 심해졌다고 했다. 우리의 입맛에는 언제나 패스트푸드가 옳다. 하지만 계속 먹게 되면 해롭다. 뭐든 과유불급이다.

사랑에도 인스턴트 사랑과 진실한 사랑이 있다. 우린 진실한 사랑을 찾기 위해 무던히 애쓴다. 진실한 사랑이 바로 내 앞에 나타나면 얼마나 좋을까? 하지만 과연 몇 명이나 그런 사랑을 할 수 있을까? 서로의 애틋함, 열정, 순간의 감정을 동반한 사랑이 20대 초반에 나타난다면 우린 성숙한 사랑을 할 수 있을까? 미성숙한 두 사람이라면 아마 자신들도 돌보기 버거울 것이다. 그래서 20대의 결혼보다 30대 결혼이 안정적으로 보인다. 세월의 풍파를 겪은 30대는 사랑하면서 자신을 뒤돌아볼 여유와 상대를 위한 배려가 깊을 테니 말이다.

내가 직장생활을 하던 때의 일이다. 함께 일하는 동료와 트러블이 있었다. 함께 일하는 장소에서 배려 없는 행동을 하는 그녀가 이해되지 않았다. 그래도 함께 일해야 하는 동료니까 서로 맞춰 나가려고 내가 먼저 그녀에게 1층에서 커피 한잔 하자고 제안했다.

서로 마주 앉아 이러쿵저러쿵 대화를 이어 나가다가 "이런 점은 배려하며 지내는 게 어떻겠어요?"라고 말했더니 무턱대고 그냥 있는 그대로의 자기를 이해해 달란다. 아무리 대화를 해 봐도 제자리였다. 상대에 대한 배려 없이 자신만 배려 받고자 하는 그녀가 도저히 이해되지 않았다. 그때 깨달았다. 소통이란 서로 대화할 수 있는 상대여야 가능하다는 것을.

연애할 때 가장 먼저 고려해야 할 것은 '과연 내가 사랑을 받을 만한 존재인가?'이다. 자아성장을 위한 일말의 노력도 없이 상대에게만 사랑을 조른다면 지나친 욕심이고 이기심이다. 사랑을 받기 위해선 끊임없는 노력이 필요하다.

사랑을 시작하긴 쉬워도 그 사랑을 지키는 것은 정말 어렵다. 그러니까 내가 사랑받을 준비가 되었는지부터 체크해보자. 연애는 속도전이 아니다. 내가 빛나가는 과정을 함께 그려가는 길라잡이임을 잊지 말자.

나이 꽉 찬 솔로들이
연애할 때 필요한 것들

사랑은 우리 내면에 존재하는 것이기 때문에 내 사랑
이 늦는다고 절망할 필요는 없다. 내가 사랑할 준비를
마쳐야 언제 올지 모르는 사랑을 만날 수 있다.

내 사랑은 항상 내가 기대하지 않았을 때 찾아왔다. 사랑은
갈구한다고 해서 나타나는 것이 아니었다. 사랑을 갈구할 때는
열망만 커져서 마음이 초조하고 불안했다. 사랑은 우리 외면이
아니라 내면에 존재하기 때문에 내 사랑이 늦는다고 절망할 필
요는 없다.

오히려 너무 빨리 찾아오기를 바라면 안 된다. 아직 당신이
사랑을 받아들일 준비가 안 되어 있을 수도 있고, 진정 원하는
사랑을 줄 만큼 당신의 그릇이 형성되어 있지 않을 수도 있다.
당장의 고독에 아무나 만나서는 안 된다. 먼저 내가 사랑할 준
비를 마쳐야 언제 올지 모르는 사랑을 만날 수 있다.

20대 때부터 나의 연애는 순탄치 않았다. 내가 좋아서 만난

사랑이었는데도 불구하고 깊은 대화가 오갈수록 사랑이 제자리를 잡지 못하고 휘청거렸다. 그래서 어쩔 때는 나의 사랑법을 의심해보기도 하고, 나만 바꾸면 잘 되겠지 싶어 하염없이 노력했다. 하지만 그런 만남들이 반복되자 자꾸만 외톨이가 되는 기분이었다.

주변에서는 또 왜 그렇게 결혼들을 잘 하는지… 계속해서 내 가슴은 허망하고 허탈했다. 많은 사람들이 여기서 오는 초조함에 사랑을 갈구했던 거란 생각도 들었다. 이때부터 나는 친구들과 인생 선배들을 찾아다니며 사랑의 해답을 찾기 위해 무던히 노력했다. 구구절절 신세한탄이 따로 없는 내 이야기를 가만히 듣고 있던 K언니가 말했다.

"언니가 결혼을 한 게 서른일곱이야. 그 당시에는 완전 노처녀였지. 지금도 여자 나이 서른일곱이면 늦었다고 하는데 그 당시엔 더 했겠지? 서른세 살에 결혼까지 약속했던 사람과 헤어지고 그때부터 솔로생활이 시작됐어. 자꾸 만남이 틀어지니까 실망도 하게 되고, 그래서 아예 결혼에 대한 생각을 내려놓게 되었어. 그때 언니는 이렇게 생각했던 것 같아. '아, 나는 혼자 살 운명인가 보다. 난 혼자 살아야지! 그래 이왕 혼자 살 거 폼 나게 살아보자! 멋지게!' 짝이 생겨서 결혼해서 잘살면 좋겠지만 짝이 없으면 어때? 물론 짝이 생긴다면 '난 이런 사람, 이런 사고를 가진 사람이랑 살아야지'라는 명확한 기준은 있었어. 그래도 나 혼자 잘살아보자 싶었지. 남자 없이 말야. 그때 엄청 철들었던 것 같아. 그런데 인연은 말이지, 정말 기대하지 않았던 순간에 만나게 돼 있어. 그 당시 내가 부동산에 관심이 많아서 공부하러 다녔거든. 거기서 알게 된 언니가 부동산에 관련된 인맥이 장난이 아니었어. 나는 부동산에 대해 아직 잘 모르고 배워야 할 것도 많았지. 그래서 그 언니가 부동산 업계에서 알아주는 한 분을 소개시켜줬어. 처음 만나서 밥 먹고 이야기를 나누는데, 느낌이 너무 좋은 거야. 신기할 만큼. 아니나 다를까 그 사람도 내가 맘에 들었다고 바로 나에게 대시를 하더라고. 그렇게 사귀게 되었어. 그 사람은 계속 결혼을 원했지만 나는 아직 경제적인 부분도, 결혼할 생각도 전혀 없었기 때문에 한사코 거절했지. 오죽했으면 내가 결혼하기 싫다고 소리 지르기까지 했을까. 그랬는데, 그는 그런 내 모습을 보고도 내가 좋다고 안 떠나는 거야. 웬만한 남자는 다 떠났는데 말이야. 그래서 이 사람이 정말 내 짝인가 싶었지. 사랑은 정말 아무런 기대도 하지 않았을 때 찾아오는 법이야. 예전 같았으면 상상할 수도 없는 일이지. 내가 다 맞춰야 하고 내가 바뀌어야 하고 그랬을 텐데, 이 사람은 나를 있는 그대로를 사랑해줘서 너무 좋아. 사랑이 너무 빨리 찾아오기를 바라고 기대하지 마. 내가 '서른세 살, 정말 힘든 시절에 당신을 만났으면 어땠을까?'라고 남편한테 물어본 적이 있었거든? 그랬더니 남편이 '그때는 내가 결혼할 준비가 되어 있지 않았어.'라고 하더라고! 사실 내 생각도 마찬가지야. 그때 내 곁에 지금의 남편이 나타났더라도 그 사람이 진짜 내 사람인 줄 몰랐을 거야. 그 당시에는 어떤 사람을 만나야겠다는 명확한 기준이 없었거든. 신기한 건 명확한 조건들을 적고 되뇌고 나니 놀랍게도 그때 내가 원했던 조건에 100프로 맞는 남자와 결혼했다는 거야!"

20대 초반의 연애를 돌이켜보면 정말 열정적이었다. 이별의 아픔을 모른 채 사랑 하나에 목숨 걸듯 빠져들었다. 그리고 몇 번의 연애를 하면 할수록 연애가 쉽지 않다는 것을 알았다.

20대의 많은 친구들이 알고 있겠지만, 20대 초반에는 아무것도 바라지 않는 순박하고 순수한 사랑이 가능하다. 하지만 30대가 되면 이게 마음처럼 되지 않는다.

20대에 순수하고 열정적인 사랑을 해보았고, 그 사랑의 끝에는 항상 이별이 있다는 것을 알기 때문이다. 이별의 아픔을 극복하는 것이 만만한 일이 아니라는 것을 너무나도 잘 알기 때문에 시간이 갈수록 자꾸 재고 따지게 된다.

친한 동성 친구들을 만날 때, 남자친구가 있는 친구들이 내게 이런 질문들을 던지곤 한다.

"혜영아, 내 남자친구 어떤 것 같아, 괜찮아?"

나는 이내 친구들에게 실망을 한다.

생각해보자. "괜찮아?", "어때?"라는 질문 자체가 잘못된 것이 아닌가? 본인이 만나고 있는 남자를 왜 다른 사람에게 평가받으려고 하는 걸까? 게다가 '괜찮다'는 기준에는 한도 끝도 없다. 다른 사람에게 질문을 던지기 전에 스스로에게 물어봐야 한다. 내 가치관의 우선순위를 확실하게 정하고, 그것을 믿고 행동해야 한다.

이런 형태의 질문을 하는 친구들을 가만히 살펴보면, 상대방이 내 짝이 아니라는 생각에 이별을 준비하고 있는 경우가 대부분이었다. 자기 확신을 타인에게 동의 받고 싶은 욕구에서 친구들에게 물어보는 것이다. 사랑에 푹 빠져 있는 친구들은 그저 남자친구를 자랑하기에 바쁘다. 늘 입가에는 미소가 만발한다.

인생에서 현실적인 부분을 간과할 수는 없다. 힘든 하루하루를 살다 보면 어쩔 수 없이 조건을 보게 된다. 세상이 팍팍하다 보니 '나는 좀 여유롭게 시작하고 싶다'라는 마음이 자리를 잡는다. 예전에 내가 식약처(식품의약품안전처)에서 일했을 때

거기 공무원 언니가 내게 말했다.

"어휴, 혜영아, 이 언니는 남편이랑 결혼해서 자리 잡는데 10
년이나 걸렸어, 그러니까 시집갈 때는 좀 돈 많고 너 좋아하는
남자한테 시집가야 한다, 알겠지?"

"언니, 그래도 형부랑 사랑해서 결혼하셨으니 이렇게 예쁜 아
들도 낳으셨잖아요. 저는 부럽기만 한 걸요?"

"그건 그렇지만, 됐다 그래. 사랑이 어디 밥 먹여주니?"

언니의 말처럼 조건도 중요하다. 하지만 사랑보다 중요한 건
아니다.

연애를 하면서 다양한 남자를 만나왔고, 그중에는 돈 많은 남
자도 꽤나 있었다. 헤어짐에는 여러 가지 이유가 있겠지만, 상
대가 돈이 많다고 해서 이별 앞에서 망설인 적은 없었다. 가장
중요한 것은 조건보다 상대 그 자체였으니까.

남자친구의 부모님이 너무 좋았지만 상대와 인연이 되지 않
아 헤어진 적도 있었고, 상대방과 성격적인 갈등으로 괴로워하
다 결국 이별을 선택한 적도 있었고, 내가 상대와 특정 부분이
맞지 않아 엇갈린 적도 있었다. 그렇게 여러 형태의 헤어짐을
경험한 나는 조건적인 부분이 다가 아니라는 것을 안다. 그러
니까 자신의 가치관을 확립하는 것이 무엇보다도 중요하다.

나이가 들었다고, 외롭다고, 누군가에게 기대고 싶다고, 부모님이 결혼을 원하니까, 타인에게 떠밀려서 등 여타 다양한 이유로, 자신의 동의 없이 연애를 하고 결혼을 하면 안 된다는 거다. 사랑을 동반한 가치관이 비슷한 사람을 만나기 위해 먼저 자신만의 확고한 기준을 세워보자.

이별 전에 생각해야 하는 것들

헤어지기 전에 그 원인을 나에게서 찾아보자. 남 탓하기 전에 자신을 돌아볼 수 있다면, 이별 후 만 난 사랑은 훨씬 성숙하고 성공적인 모습일 것이다.

나는 '핫뜨거'와 정말 더 줄 것도 없을 만큼 열렬히 사랑했다. 사랑 표현에 있어서만큼은 그 누구보다 열정적이었으며, 서로 더 줄 것이 없어 안타까울 정도였다. 그 사랑의 끝은 이별이었 다. 우린 결혼이란 관문 앞에서 이별을 선택했다. 많은 사람들 이 이별 앞에서는 결론을 잘 내리지 못한다.

'조금만 더 노력해보면 괜찮지 않을까? 우린 아직 못 해본 것 도, 해 나가야 할 것도 무지 많은데! 내가 이 사람 없이 잘 해 낼 수 있을까? 사람들에게 우리 사랑이 아직 온전하다고 말해 야 하는데! 어떻게 시작한 사랑인데 이렇게 허무하게 끝낼 수 는 없어!' 등등 무수한 생각들에 사로잡힌다. 이성적으로는 아 닌 것을 알지만 감정이 앞선다. 그렇게 무뎌지다 또다시 같은 문제에 봉착한다. 그러다 지쳐버리고 헤어짐을 맞이한다.

우리는 사랑을 위해서 무수히 많은 노력을 해야 한다. 여기서 많은 노력이란 상대방도 나도 바뀌어야 한다는 뜻이다. 무시무시한 감정의 회오리가 소용돌이치는 뒤늦은 후회만큼 바보 같은 짓이 또 있을까? 두 번 다시 같은 이별 앞에서 아파하며 울기 전에, 더 나은 연애를 위해 당신에게는 변화가 필요하다. 똑같은 사람을 만나 똑같은 연애 패턴으로 다시 연애한다면 반복되는 문제가 발생한다. 당신에게 변화가 없다면 되돌이표일 뿐이다. 서로에게 알맞은 맞춤형 변화가 필요하다.

변화된 내 모습을 상대방에게 어필하면서 열렬히 대시해야 한다. "나는 너와 헤어지고 이만큼 변했고, 바뀌었어. 헤어지고 나니 많이 성숙해지더라." 같은 마음으로 다가가야 한다. 물론 상대방도 당연히 변해야 한다. 초콜릿보다 더 달콤한 사랑을 했고, 그 속에서 당신을 송두리째 변화시킬 수 있는 이별도 겪었다. 그런 이별이 있어야만 우리는 성장하고 성숙한다. 어떠한 '변화' 없이는 성장도 불가능하다.

"나는 연애 경험이 많아서 내가 대시하면 누구라도 다 넘어와! 난 아무하고라도 연애 잘할 수 있어!" 이건 틀렸다. 계속 똑같은 이별 패턴에 휘말리게 될 거다. 한 사람과의 이별을 통해서 내가 변화하고 성숙한다는 것은, 자기반성의 시간을 보냈음을 의미한다. 두 번 다시 그런 실수는 하지 않겠다는 반성이 있어야 다음번 연애가 보다 성공적이다. 결국 연애는 횟수가 아니라, 내적 성장의 동반 여부가 중요하다.

사람들은 흔히 "그 사람과 헤어졌어요. 나는 사랑에 실패했어요, 아마 다신 그런 사람 못 만날 거예요."라고 말한다. 그리고 그와의 재회를 꿈꾼다. 재회를 바라는 사람들은 이미 사랑의 소중함을 뼈저리게 느꼈기 때문에 상대방을 이해하고 배려해서 맞추려고 노력할 준비가 되어 있을 것이다.

사랑은 동등하다. 이 말은 서로 우위가 정해져 있지 않다는 뜻이다. 그런데 재회는 어쩔 수 없이 갑과 을의 관계가 성립되고 재회를 희망하는 쪽이 을이 되어버린다. 그래서 힘들다.

시소 탔을 때를 생각해보자. 시소의 아래에 있는 친구는 땅을 짚고 안정적으로 앉아 있지만 위에 있는 친구는 언제 떨어질지 몰라 불안하다. 두 사람이 균형을 맞출 수 있는 방법은 땅을 짚고 있는 친구가 앞으로 다가가는 것이다. 땅을 짚고 있는 사람이 무게를 덜어내야 무게가 같아진다. 그런데 재회는 땅을 짚고 있는 친구가 움직이기보다 위에 있는 친구가 아등바등하는 모양새다. 갑은 가만히 있고 을만 용을 쓰다가 또다시 상처를 받는다. 삐뚤어진 시소와 같은 사랑은 상대를 온전히 바라볼 수 없다.

그렇다면 을은 무엇을 할 수 있을까?

내 잘못은 내 몫으로 끌어안고, 상대의 잘못은 상대의 몫으로 돌려주는 작업을 끊임없이 해야 한다. 그런데 이 작업이 보통 힘든 게 아니다. 무엇이든 뼈를 깎는 고통이 있어야 성장한다는 것을 명심하자. 상대방에게 내가 가지고 있는 무게를 덜어주고 비워내야 다시금 사랑할 수 있다. 사랑을 유지하는 데 균형만큼 중요한 것은 없다.

사람이 성숙한다는 건 다시는 똑같은 실수를 하지 않겠다는 반성이 밑바탕에 깔려 있어야 한다. 사람은 망각의 동물이라서 자꾸만 각인시켜야 한다. 처음의 마음을 잃지 않으려는 노력이 필요하다. 상대방만 탓하기 시작하면 한도 끝도 없다.

"내가 당신을 받아들일 그릇이 되지 못해 정말 미안해.", "내가 당신을 이해하지 못하고 받아들이지 못해서 정말 미안해."라고 말할 수 있어야 한다는 뜻이다. 나의 변화가 크든 작든 상관없이 반드시 필요하다.

사랑에도 생명력이 존재한다. 말라버린 꽃은 다시 피지 않는다. 사랑할 수 있을 때 최선을 다해야 한다. 이별은 나만 아픈 게 아니다. 이별 앞에 누구 하나 안 아픈 사람은 없다. 가슴 찢어질 것 같고 미칠 것 같겠지. 괜찮다, 그게 정상이다. 그게 이별이고, 아픔이다. 그것이 바로 사랑이다.

바보 같은 순간들이 많이 있었다면, 이번 이별을 통해서 당신은 한 걸음 더 성숙할 것이다. 이제 또 다른 상대와는 좀 더 성숙한 사랑을 하게 될 것이다. 참된 이별은 후회, 깨달음, 반성, 발전이 공존한다.

헤어지기 전에 한 번 더 생각해 보자. "쟤 때문에", "쟤가 바람 피운 거야", "쟤가 집착한 거야"가 아니라, 그 원인을 나에게서 찾아보자. 내가 상대에게 잘못한 것은 뭐가 있을까? 내가 집착해서 그럴까? 내가 뱉은 말 한마디가 저 사람한테 상처가 되었나? 내가 질리게 했나? 자신을 돌이켜봐야 한다. 상대방을 탓하기 시작하면 결국 제자리걸음일 뿐이다.

사랑을 시작하긴 쉬울지라도 유지하는 데는 정말 많은 노력과 서로의 희생이 필요하다. 그러니 다른 사람을 탓하기 전에 자기 자신을 뒤돌아봐야 한다. 자신이 상대를 얼마나 배려하고, 이해하고, 존중했는지 돌아봐야 한다.

이별 앞에서 당당한가? 재회가 필요 없을 만큼 후회 없이 사랑했는가? 그렇다면 이별해도 좋다.

연애를 위해 벗어나야 하는 콤플렉스

아픔에서 벗어나지 못하는 것은 당신이 바보라서가 아니라 내면의 상처를 정면 대응할 용기가 부족하기 때문이다. 상처 난 부위에 약을 바르듯 내면의 상처에도 약을 발라야 한다.

스물한 살의 내 사랑은 너무나 위대했다. 그와의 헤어짐은 생각도 할 수 없는 일이었다. 그 당시 나는 남녀가 사귀면 반드시 결혼을 해야 한다고 생각하는 순수하고 철없는 아이였다. 그 당시 우리 집은 18평짜리 조그만 아파트였고, 나는 숨김없이 모든 것을 남자친구와 공유했다. 내가 그와 사귀고 있다는 것을 동네방네 소문내고 싶었다. 식구들에게 자랑하고 싶어서 그를 우리 집으로 초대했다. 집으로 초대한 날, 엄마와 어린 여동생이 있었다.

"어떻게 들어가? 나 떨려서 못 들어가겠어."

"괜찮아, 뭐 어때. 그냥 들어와서 놀다가 가면 돼."

"그래도 빈손으로 가기 그래."

"괜찮다니까. 울 엄마 그런 거 신경 안 써. 부담 가지지 않아도 돼."

그렇게 철이 없었다. 지금 생각하면 손발이 오그라들지만, 그 때는 그만큼 오빠가 좋았다. 그땐 왜 이렇게 내 입장만 생각했는지 모르겠다. 상대의 입장에서 보면 정말 용기가 필요했을 텐데.

우리 엄마는 나의 감정과 상관없이 오빠를 그리 좋아하지 않았다. 4년제 대학을 다니던 나에 비해 오빠는 2년제를 다니고 있었고, 오빠의 집안이 좋지 않다는 것이 대표적인 이유였다. 그렇게 부모님에게 인정받지 못하는 사랑을 하고 있었던 나는 '엄마는 틀리고 내가 맞다'를 증명해 보이기 위해 무던히 애썼다.

엄마가 말했다.

"아이고, 왔어. 밥은 먹었고?"

"네, 어머니. 어머님은 식사하셨어요?"

그렇게 말을 이어가다가 엄마가 오빠에게 말했다.

"그래, 혜영이랑은 친구로서 서로 잘 지내고. 알았지?"

"아… 네, 어머니."

당황스러웠다. 그 어색하고 무거운 대화가 끝나자 아홉 살짜리 동생이 찾아와 재잘거렸다. 그렇게 한 시간쯤 집에서 놀다가 오빠는 돌아갔다. 엄마가 오빠에게 친구로서 지내라는 말을 했다는 게 싫었다. "엄마는 그런 말을 하면 어떻게 해!"라고 소리쳤지만 왠지 모르게 불길했다.

예상은 적중했다. 오빠를 보낸 뒤부터 어찌 연락이 없었다. 오빠는 늘 먼저 내게 연락을 해주었는데, 우리 집에 다녀간 다음부터 감감무소식이었다. 처음에는 대수롭지 않게 여겼지만, 내가 전화를 할 때마다 그는 받지 않았다. 부재중 전화가 늘어날 때마다 불안감에 휩싸였다. 그렇다, 그건 분명히 잠수였다. 오빠는 바로 동굴 행을 감행했고, 그 마음을 헤아려주지 못했던 나는 수십 통의 전화를 멈추지 못했다.

그 다음날도 연락이 되지 않자, 공중전화기로 달려가 눈물을 흘리며 제발 전화를 받아보라고 소리쳤다. 눈물이 멈추지 않았다. 영원하리라 생각했던 관계가 이렇게 허무하게 무너지다니, 믿을 수가 없었다. 메시지도 보냈다. 문자를 보면 제발 연락을 달라고 애원했다. 그의 연락을 기다리는 1분 1초가 마치 10년의 세월보다 더 길게 느껴졌다. 입이 바짝바짝 마르고 내 생활을 온전히 할 수 없었다.

물론 지금이야 이런 일이 발생하면 차분하게 기다렸을 테지만, 그때의 나는 내 현실을 객관적으로 바라보지 못했다. 그랬기에 나를 컨트롤할 수 없었다. 썩어문드러진 가슴을 부여안고 남포동에 있던 영어학원으로 발걸음을 옮겼다. 그곳에는 친한 친구들이 공부를 하고 있었기 때문이었다. 친구들에게 위로를 받으면 좀 나을 것 같았다. 학원에서 친구들을 기다리고 있는데 문자가 왔다. 오빠였다.

〈미안하다, 너희 엄마에게 친구처럼 지내라는 소리를 듣고 남자로서는 나를 받아들일 수 없는 건가 싶은 자괴감이 들어서 너무 마음이 아팠다. 그래서 연락할 수가 없었다.〉

그도 나와 연락을 안 하는 시간 동안에 친구와 술을 마시며 위로받았다고 했다. 그리고 어디냐고 물어봐서 남포동 학원이라고 하니 그가 학원 앞으로 오겠다고 했다.

30분 뒤 눈앞에 그가 나타났다. 그는 나를 보자마자 내 앞에서 잘못했다며 무릎을 꿇었다. 그 소리를 듣는데 만감이 교차했다. 나는 그의 가슴을 때리며 내가 얼마나 걱정했는지 아냐며 눈물을 흘렸다. 지금 생각하면 조금 더 침착하게 대응했어도 됐을 텐데 싶다. 어쨌든 우리는 '가짜 이별'을 극복하고 다시 만남을 이어갔다.

지금 돌이켜보면 나는 내 입장만 생각했던 것 같다. 그의 입장에서 보면 충분히 상처가 될 요소가 다분했는데, 내 아픔이 큰 만큼 그 사람의 아픔이 크다는 걸 그때는 왜 인지하지 못했을까?

연애를 하다 보면 상처를 받기도 한다. 중간에 가짜 이별을 하게 되면, 또 이런 일이 발생할 수 있다는 생각 때문에 심리적으로 불안해진다. 상처를 받은 경우는 대부분 애인에게 의존하거나 지나치게 집착하게 된다. 즉 내 사랑에 대한 보상을 기대한다. '나는 당신에게 이만큼 해주는데 왜 당신은 그렇게 하지 못하냐'는 식이 내재된다.

간혹 똑같은 상황이라도 상처를 덜 받고 무던하게 이겨내는 사람이 있는데, 그들은 대부분 상대에게 심한 기대감이 없다. 기다릴 줄 알고 상대를 포용할 줄 안다. 이해할 줄 아는 배려와 너그러움을 함께 가지고 있다.

사람들은 상처를 받으면 다른 누군가에 의해 그 상처를 치유하고자 한다. 특히 남녀 간에 상처를 받았을 때는 더욱 심하게 드러난다. 어쩌면 상처는 받는 사람이 아니라 주는 사람이 온전히 해결해야 할 몫이라는 생각이 든다.

상처를 어떻게 생각하는지에 따라 사람은 달라지는데, 아픔에서 벗어나지 못하는 것은 당신이 바보라서가 아니다. 내면의 상처를 정면 대응할 용기가 부족해서일 뿐이다. 많은 사람들이 자신의 잘못과 자기성찰을 힘들어한다.

당신의 상처를 너무 부풀려 확대 해석하지 말고 객관화시켜서 잘 보듬어보자. 상처 난 부위에 약을 바르듯 내면의 상처에도 약을 발라야 한다. 아픈 고통을 이겨내는 용기가 필요하다. 상처를 치유할 수 있다고 생각하고 노력하다 보면 마음도 진정이 되고 다음번 사랑에서는 더 성숙하고 성장하는 연애를 할 수 있게 될 것이다.

잘못된 연애 패턴에 돌직구를 날려라

오랫동안 연애를 한 커플들이 아픔을 덮고 만남을 지속하는 이유는, 만나는 일련의 과정들이 습관처럼 너무 익숙해져버렸기 때문이다. 지금은 회피로 당장의 일이 해결될지 몰라도, 결혼하면 더 큰 일들이 펼쳐지게 된다.

Q 남자친구랑 도통 대화가 되질 않아요. 연애한 지 벌써 3년 정도가 됐는데, 평소에는 제가 서운한 부분이 있어도 그냥 넘어갈 때가 많거든요. 그게… 기분 나쁜 티를 내면 더 싫어하더라고요. 그렇게 참고 참은 게 이제는 오히려 익숙해져버렸어요. 여자랑 연락하는 것도 괜찮다, 술은 적당히 마시니까 괜찮다, 내 앞에서 담배 펴도 괜찮다, 나이트 가는 것도 괜찮다, 바에서 술 마시는 것도 괜찮다….

제 속은 문드러져도 남자친구 앞에서는 절대 표시 못하죠. 사실, 술의 양만 생각하면 예전보다 많이 줄었습니다. 하지만 여전히 우리 둘 사이에서 가장 문제가 되고 있습니다. 저랑 다투고 술을 마시면 굉장히 폭력적으로 변하거든요. 스스로 화를 참지 못하고 기어코 화를 내고 맙니다. 저를 때리진 않지만 물건들이 날아다닙니다. 그럴 때마다 정말 무서워요.

하지만 정이란 것이 뭔지, 평소 친구들 모임에 남자친구와 함께 있으면 듬직합니다. 둘이 데이트 할 땐 저에게 애교도 많이 부리고 정말 잘 챙겨줘요. 그런 순간에는 '시간이 멈추면 얼마나 좋을까' 싶을 만큼 행복합니다. 그래서 아직까지 제가 남자친구를 놓지 못하고 있네요.

사실 어디 가서 기죽지 말라고 남자친구에게 용돈도 주고 있어요. 남자친구가 그 점에 대해선 고마워하는 것 같아요. 하지만 저는 절대 생색낼 수가 없어요. 그렇게 되면 또 기분 나빠서 술을 마시고, 다시 저의 연애 패턴을 반복하게 되니까요. 그게 어느덧 3년이네요. 이제는 너무 힘들어요. 아직까지 남자친구를 많이 좋아하고 있고, 이별은 상상도 할 수 없습니다.

남자친구는 저를 힘들게 하지만, 남자친구 부모님 성격이 너무 좋습니다. 딸처럼 생각하고 아껴주고 사랑해줍니다. 항상 고맙다고 말해주시죠.

문제는 역시 술인데, 이틀 전에 남자친구와 싸웠거든요. 그는 술을 마셔야만 대화를 하려고 해요. 그래서 제가 또 굽히고 들어갔어요. "이러쿵저러쿵 이래서 내가 조금 서운했고, 다음부턴 조심해줬음 좋겠어."라고 말하면 막무가내로 화를 냅니다. 남자친구가 그런 말을 하면 저는 이해하고 맞춰주려고 노력하는데,

남자친구는 전혀 그렇지 않아요. 항상 이런 식이죠. "네가 그런 생각을 하는 것 자체가 문제고, 그런 일로 서운해 한다는 게 이해가 안 된다. 속이 좁다."라고 합니다. 결혼 생각을 안 한 건 아닌데, 어떻게 해야 할지 도무지 판단이 서지 않아요. 함께 지낸 세월이 많다 보니 자꾸 판단력이 흐려져요. 저 좀 도와주세요!

A 얼마나 힘드셨어요? 얼마나 맘고생이 심했을까 싶네요.
　　당신이 남자친구에게 가르치려 한다거나 억압했는지는 알 수 없지만, 남자친구가 상당히 충동적인 성향이 있다는 것은 알 것 같네요. 남자다운 면도 있고 활력도 있으니, 긍정적인 눈으로 보면 애교와 애정으로 나타나는 거겠죠.

　남자친구의 첫 번째 문제는 대화법이네요. 대화란 남녀 불문하고 모두가 해결해야 할 문제입니다. 싸움이 일어나면 두 사람의 초점과 사고 과정에 차이가 생기니까요. 그러나 이러한 차이점을 극복하고 대화로 풀어나가야 더 발전된 사랑을 이어나갈 수 있습니다. 상대방이 자신의 맘에 들지 않는 행동을 했을 때, 그것을 이해하려는 노력과 타인에 대한 배려가 배가되어야 가능한 일이지요.

　하지만 남자친구는 그런 모습들이 하나도 보이지 않네요. 둘 사이에 해결해야 하는 문제라서 용기내어 말하면 그것을 대화의 주제로 보지 않고, 귀찮다거나 상대 탓만 하는 무례한 태도를 보이니까요. 연인 사이에 문제가 생기면 저는 무조건 만나서 풀라고 조언합니다. 카톡이나 전화로는 오해가 쌓일 문제라도 만나서 풀면 금방 해결되는 경우가 정말 많거든요.

남자친구가 대화로 둘 사이의 문제를 풀려고 했다면, 미친 듯이 화를 내지 않고 대화로 풀었을 거예요. 아마도 남자친구의 지나치게 충동적이고 공격적인 성향이 당신을 너무 힘들게 하지 않나 싶네요. 술 마시고 하는 행동도 마찬가지입니다. 남자친구가 지금은 물건을 던지지만, 나중에는 공격성이 더 심해져 어떤 일이 벌어질지 알 수 없으니까요.

무엇보다 남자친구는 당신에 대한 고마움을 모르는 것 같아요. 자신이 소중한 만큼 당신도 소중하다는 것을 알아야 하는데 말이죠. 그런 건 사실 떨어져 지내봐야 알 수 있답니다. 지금 당연하게 여겼던 것들이 실제로는 엄청나게 고마운 일이라는 것을 그는 전혀 모르고 있네요.

결론적으로 말하라면, 남자친구에게는 한두 가지 문제가 있는 게 아닙니다. 종합적으로 당신을 괴롭히고 있는 것 같아요. 하지만 당신에게는 감정이 남아 있고, 그것 때문에 지나칠 정도로 헌신적인 것 같아요. 그러니까 남자친구가 그런 태도를 당연시 여기는 것일 테죠.

또 하나 명심할 것은, 결국 함께 살아야 하는 건 남자친구지 그의 가족이 아니라는 겁니다. 부모님께서 잘해주는 것은 부수적인 요인이지, 주 요인은 될 수 없어요. 다시 말하면, 가장 중요한 상대는 남자친구라는 겁니다. 이런저런 핑계로 헤어지지 말아야 할 요소를 찾지 말고, 당신의 행복을 기준으로 두고 잘 생각해보세요.

저도 예전에 비슷한 사람을 만난 적이 있어요. 남자친구 부모님께서 너무 잘해줘서 '이런 부모님 있으면 정말 좋겠다' 싶었죠. 남자친구가 너무 부럽더라고요. 그래도 평생을 함께 살아야 하는 건 부모님이 아니잖아요. 핵심은 '이 사람이 나와 평생의 동반자가 될 수 있는가'이므로 냉정하게 생각해봐야 한다는 겁니다. 함께한 시간이 길어지면 정 때문에 판단력이 흐려질 수 있는데, 계속 그렇게 시간을 보내면 안 좋은 상황들만 자꾸 발생하고, 똑같은 문제로 또 부딪치게 됩니다. 그것 때문에 또다시 아파해야 하죠.

그런 문제를 결혼해서도 반복한다고 생각해보면 지긋지긋하지 않나요? 물론 그 문제를 안고 갈 수 있다면 무슨 문제가 되겠어요. 하지만 저는 그 문제를 안고 절대 결혼할 수는 없겠다 싶으니까 생각보다 빨리 결단을 내릴 수 있었어요. 그 후 남자친구가 같은 행동으로 다시 한 번 더 나를 힘들게 하자 빨리 정리를 하게 되었고요. 물론 그때의 결정을 절대 후회하지 않습니다. 그러니까 당신도 잘 한번 생각해보세요. 당신은 사랑받을 수 있는 존재라는 것도 잊지 마시고요.

오랫동안 연애를 한 커플들이 연애를 지속하는 이유는, 용서하고 다시 만나는 일련의 과정들이 습관처럼 너무 익숙해져버렸기 때문이다. '이건 정말 아닌 것 같다'는 가슴속 울림이 오더라도 그것을 억눌러버리고 기어코 다시 상대와의 연애를 이어간다. 이런 모습들을 보면 측은하다는 마음까지 들 때가 있다.

헤어지는 방법을 모르겠다, 지금 내 나이에 다른 사람을 만나는 게 두려워, 정이 들었다… 같은 핑계로 헤어지는 것을 남일처럼 여기지 말자. 지금은 회피로 당장의 일이 해결될지 몰라도, 결혼하면 더 큰 일들이 펼쳐지게 된다. 둘 사이가 아니라는 신호를 무시하면 나중에 더 힘든 일을 겪게 된다. 지금 이 신호를 절대 간과하지 말고, 진정 자신이 원하는 것이 무엇인지 마음속 울림에 따라 행동하자.

정말 그 이유로 헤어진 걸까?

최상의 복수는 화를 내지 않고 하루 속히 그를 잊는 것이다. 설령 만나서 대화를 한다고 해도 절대로 당신이 원하는 대답을 들을 수 없다.

V는 남자친구와 3주년을 기념하기 위해 전국일주를 했다. 여행하는 한 달 동안 V는 무척이나 행복했다. 집으로 돌아온 V는 일상생활을 이어갔고, 일주일쯤 지났을까? 그에게서 연락이 없자, 그녀가 먼저 전화를 걸었다. 하지만 이게 웬일인가? 그는 대뜸 지금 집안 사정이 좋지 않으니 더 이상 만날 수 없다고 했다. 너무 황당한 일 아닌가?

연애한 지 6개월쯤 된 어느 날, X는 학업이 부담스럽다는 이유로 남자친구에게 결별을 통보받았다. 말도 안 되는 이유에 이상함을 느꼈지만 그의 말을 받아들여야만 했다. 하지만 정확히 2주일 뒤 그에게 다른 여자친구가 생겼다는 것을 알아버리고야 말았다. 그 후 그녀는 상실감에 빠져 헤어나지 못했다.

V는 남자친구에게 그동안 무슨 일이 있었는지 묻고 싶을 것이다. 그가 무슨 말을 해야 '아, 그래서 여행 갔다 와서 나에게 지금껏 연락이 없었던 거였구나?'라고 이해할 수 있을까? 무슨 말을 들어야 만족할 수 있을까?

최상의 복수는 남자친구에게 화를 내지 않고 하루 속히 그를 잊는 것이다. 하지만 당신은 실연을 당한 상황 자체를 견디기 힘들 것이다. 아무리 내가 그는 당신과 함께 있고 싶지 않은 거라고, 그래서 비겁하게 도망간 거라고 말해도 "아니요, 저는 남자친구가 저를 떠나려는 이유를 듣고 싶어요!"라고 할 테지. 그 마음, 충분히 안다. 하지만 설령 만나서 대화를 한다고 해도 절대로 당신이 원하는 대답을 들을 수 없을 것이다. 당신은 어떻게든 그에게 연락해서 또 말하겠지. "우리 다시 잘해보지 않을래?" 좋았던 시절들을 곱씹으면서 다시 한 번 더 생각해보라고 그에게 부탁하겠지. 그럼 그는 '이런 여자를 내가 왜 좋아한 거야?'라고 생각할 것이다. 그리고는 자신의 선택이 옳은 선택이었다고 확신하는 계기가 될 것이다.

결별은 정말 싫다. 마무리를 짓지 않는 것은 더욱 괴롭다. 한 사람을 사랑하고, 함께 모든 것을 공유하고, 지금까지 단 한 번도 느껴보지 못한 감정을 느끼고, 이제 모든 것이 다 잘될 것만

같은 느낌에 휩싸이고, 그와 함께하는 시간들이 마냥 행복하고, 그러다가 그가 결별을 선언하고!

어쩌면 그가 생각을 바꿔서 내가 가장 좋은 여자라는 걸 깨우칠지도 모르는데! 나만큼 그를 이해해줄 여자가 없다는 것을 깨닫게 하는 것이 그렇게 잘못된 일인가? 결별 후에도 진짜 내 마음을 속이고 아무렇지 않게 계속 연락해도 괜찮은 걸까?

아니, 안 그럴 것 같다. 결별이란 헤어졌다는 것, 이제는 남이다. 더 이상 연락할 수도, 키스할 수도, 모든 걸 공유할 수도 없는 사이가 되는 것이다. 정말 끔찍한 이별을 겪은 사람들도 결국에는 다시 일어난다. 그럼 어떻게 해야 할까? 가능한 더 움직이고, 더 힘껏 울고… 실연의 아픔에서 벗어나기 위해 무슨 일이라도 해야 한다.

내가 스물일곱일 때, 아버지가 갑자기 병원 신세를 진 적이 있었다. 그때 나는 학습지 강사를 하고 있었지만 오래전부터 내 꿈은 영양사였다. 아버지를 뵈러 병원을 갈 때마다 그곳 영양사를 보면 그렇게 부러울 수가 없었다. 한편으론 가슴이 찡했다. 내가 졸업한 학과 특성상 영양사 자격증을 딸 수 없었기 때문에 한동안, 아니 꽤나 오랫동안 나는 꿈을 이룰 수 없는 현실에 절망했다. 왜 꿈을 이룰 수 없는 것일까 혼자 자책했다. 그래서 편입을 준비하기도 했다. 편입마저도 마음대로 되지 않자 나는 무너질 대로 무너져버렸다.

그러나 나를 포기할 수 없었다. 그렇다면 차라리 더 큰 꿈을 꾸기로 결심했다. 작가, 강연가, 코치가 되기로 했다. 나의 스토리로 다른 누군가에게 동기부여를 해주고 싶었기 때문이었다. 이별에 아픈 사람들을 위해 꿈과 희망을 주고 싶었다. 또 내가 꾼 꿈들을 이루면 더 이상 자존감이 낮아지는 일도, 과거를 자책하는 일도 멈출 수 있을 것 같았다. 그런 간절함으로 결국 이루어냈다. 하고자 하는 욕망이, 스스로를 바꾸고 싶은 간절함이 이긴 것이다.

사랑도 마찬가지다. 결별로 인해 가슴이 쓰리고 후회되는 부분이 있더라도, 결별 후의 당신 처신이 가장 중요하다. 바뀐 처신으로 인생이 바뀔 수 있다. 바로 내가 그랬다.

대부분의 연인들이 헤어지는 패턴을 보면 미스커뮤니케이션 때문인 경우가 많다. 미스커뮤니케이션으로 인해 남자는 이별을 말하고, 여자는 혼란스러워지는 것이다. 남자는 더 이상 끌어갈 힘이 없기 때문에 이별을 선택한다. 이때 옆에서 헛다리 짚어주는 모태솔로들이 있다. 그(그녀)들은 정확한 원인도 모른 채 제멋대로 결론을 지어버린다.

여자들은 원래 감성적인 부분이 강하다. 그렇기에 화가 나더라도 남자친구가 그 부분을 알아주기만 바라지 직접적으로 말하지 않는 경우가 많다. 남자들은 말을 하지 않는 그녀의 마음을 다 헤아리지 못한다. 이럴 때는 내가 무슨 말을 하는지 모르더라도 일단 남자친구에게 이야기를 해야 한다.

그렇다면 남자들은 어떨까? 남자들은 말로 자신의 감정을 잘 표현할까? 아니다. 대부분의 남자들은 말을 잘하지 못한다. 공부도 잘해야 하고, 능력도 있어야 하고, 외모도 받쳐주어야 하고, 집안도 좋아야 하고, 영어도 잘해야 하고… 하다못해 머리 숱도 많아야 한다. 대한민국에서는 남자들에게 강요하는 게 너무나도 많다. 남자들은 어릴 때부터 정서적으로 억압받는 것들이 너무 많다. 그래서 솔직하게 이야기하는 것이 너무나 어렵고 서툴다. 여자친구에게 하고 싶은 말이 있어도 쉽게 하지 못한다. 때로는 여자친구를 위해 마음에 없는 소리를 하기도 한다. 하지만 옳지 못한 상황이라고 판단되면 그냥 여자친구에게 그 자리에서 자신의 진짜 속마음을 말해야 한다.

예를 들어 두 사람이 함께 영화를 보러 갔다고 하자. 남자는 A라는 영화가 보고 싶고, 여자는 B라는 영화가 보고 싶다. 매번 양보를 할 수밖에 없었지만, 이번만큼은 A라는 영화가 보고 싶으면 바로 말하는 거다. 그러면 여자친구가 무조건 반대할까?

지금껏 자신이 원하는 영화를 봐왔는데? 아니다. 남자친구의 의견을 받아들일 것이다. 그러니까 꾹 참지 말고, 그냥 말하는 거다. 물론 힘들다는 거 잘 안다.

지금껏 성실하게 참아왔고 옳고 바르게 견뎌왔다. 다만 말해보지 않았기 때문에 어렵다. 처음 말해보는 거라 서툴다. 개선해야 할 일들에 대해서 서로 많은 이야기를 나누는 것이 필요하다. 하지만 우리는 이런 대화를 어려워한다. 이런 이야기 끝에 관계가 끝날지도 모른다는 두려움이 공존하기 때문이다. 이 일이 중요하다는 판단이 든다면 얘기해야 한다.

힘들게 꺼낸 이야기를 상대방이 받아들이지 못한다면 어차피 함께 가는 파트너는 아닐 것이다. 자존심 때문에 말을 못하는 경우는 사람 자체를 잃어버릴 확률이 높다. 자존심은 사실 아무것도 아니다. 자기중심적인 사고 때문에 좋지 못한 상황들로 바라보는 것이다.

지금 당신이 이별을 겪어서 힘들다면 잘못된 점들을 인정하자. 실수에서 배운 것들로 다음 사랑에서는 보다 성숙한 연애를 할 수 있다. 당신의 실수를 디딤돌 역할로 삼아야 한다.

진심이 통해야 연애가 통한다

서로의 이야기에 귀를 기울이고 공감해주는 것이야
말로 연애의 첫 관문이다. 사랑을 지속하기 위해서
는 신뢰와 공감이 어우러져야 하기 때문이다.

내 남자친구 L은 기관사였다. 그와는 동창 모임에서 친구 소
개로 우연히 만났다. "여기는 전부 고객님들!"이라면서 분위기
를 띄웠고, 그 덕분에 유쾌하게 술을 마시며 놀 수 있었다. 그
뒤로 그는 내게 데이트 신청을 해왔고, 우린 연인이 되었다. 그
와 두 번째 만남은 선술집이었다. 그곳에서 청하 한 병으로 진
솔한 대화를 이어갔다. 처음 보았던 그의 모습은 유쾌하고 밝
았다. 얘기를 이어가면 갈수록 나는 그에게 더 매료되었다.

"혜영아, 나는 이런 가정환경에서 자라왔고, 부모님과 누나,
이렇게 네 식구야. 내 취미는 요리야."

"우와, 멋지다! 나도 요리에 관심 있어서 한식이랑 양식 자격
증 가지고 있는데."

"나도 한식이랑 양식 자격증 있어. 똑같네? 요즘은 궁중요리

를 배우고 있어. 진짜 재밌어. 앞으로 맛있는 요리 많이 해줄게!"

이렇게 소소한 이야기들을 나누며 우리는 시간 가는 줄 모르고 대화를 이어갔다. 그러다 그가 지금 고민하고 있는 이야기를 들려주었다. 나는 그의 이야기를 집중해서 들었다.

"요즘 회사에서의 인간관계가 고민이야. 잘 한다고 하는 게 자꾸만 엇갈리는 것 같고, 그렇다고 마냥 충성할 순 없고… 힘들 때가 있어."

"맞아. 사회생활이라는 게 어떨 때는 맘대로 안 돼서 속상할 때가 많아. 그래도 어찌어찌 잘 해결이 되더라고. 해결이 되려면 또 상황들이 그렇게 도와주기도 하고. 그러니까 항상 좋은 생각하면서 긍정적으로 행동하는 건 어때?"

고민을 나누며 우리의 대화도 깊어졌다. 먼저 손 내밀어주고 다가와준 L에게 한편으로는 너무나 고마웠다. 그때 한 번 더 깨달았다. 연애도 마음과 진심이 통해야 한다는 것을.

카톡 한 통이 도착했다. 경기도에 살고 있는 스물네 살의 청년이었다. 연애 고민으로 상담을 요청해서 이야기를 나누다가 여자친구와의 문제가 예사롭지 않음을 파악하고 그녀와 나눈 카톡 내용을 보내라고 말했다.

남 : 너 내 상황은 생각 안 하고 이러기야? 진짜로 다 쌩깔 거야? 넌 날 무시했다고 생각할게 그럼.

여 : 진짜 하나부터 열까지 다 너만 생각해. 너 위주로! 어린애도 아니고 왜 그러는지 진짜 모르겠다. 내가 한 건 꼭 니가 그러려고 하고, 계속 나한테 뭐 불만 있는 거 같고. 그래서 진짜 통화하기 싫어. 카톡으로만 얘기해.

남 : 전화 받아.

여 : 하루 종일이네, 그냥 아주.

남 : 내가 너한테 아까 얘기했지.

여 : 미안해서 좋게 좋게 생각하려고 해도 절대 안 돼.

남 : 안 들리는 거 같다고(여자친구랑 전화 통화하다가 전화를 끊음)

여 : 난 계속 얘기하는데 왜 끊어? 내가 끊어야 할 것 같은데.

남 : 그래서 내가 너한테 계속 말했어. 안 들린다고. 내 방 전화 잘 안 터지는 거 너도 알았잖아?

여 : 아까 통화할 때도 그렇고, 그냥 너 싫으니까 전화 끊고.

남 : 아니거든.

여 : 내가 몰라서 조용히 있는 줄 아니?

남 : 내가 일부러 끊은 게 아니라고 몇 번을 말해?

여 : 진짜 난 니 소유물이 아님.

남 : 나도 너 소유물이라고 생각 안 해.

여 : 지금 말고 아까 통화할 때 얘기하는 거 아니?

남 : 지금도 얘기하는 거.

여 : 그런데 니 행동은 그렇지 않음.

남 : 아까도 너랑 통화하는데 안 들림.

여 : 아니, 넌 그냥 내 모든 게 서운하고 그런 거. 끊은 거 그만 얘기해, 어차피 자기 얘기만 하니까.

남 : 전화 받어.

여 : 싫다고. 내 말 안 들어?

남 : 카톡으로 얘기하기 힘들어서 그래.

여 : 하지 마, 그럼. 그냥 둘 다 차분해지고 얘기하게.

상담자와 여자친구의 대화이다. 도대체 어디서부터 잘못된 걸까? 일단 내용을 보면 두 사람 다 각자 의견을 내세우기 바쁘고 감정이 앞선다. 상담자가 내게 말할 때는 여자친구와 통화하기 짜증나고 싫어서 전화를 끊었다고 말했지만, 실상은 여자친구에게 집착했다는 것을 알 수 있다.

상대를 공감하는 능력이 두 사람에게는 부족하다. 상대의 마음에 공감하기 어려운 이유는 무엇일까? 너는 틀렸고 나는 맞는다는 것을 증명해 보이기 위해서고, 상대의 다운된 감정을 자신이 제대로 끌어올려줄 수 있다는 생각 때문이다.

내가 해주는 말에 잘 공감해주고 있다고 느끼면, 속 깊이 담아두었던 말을 할 수가 있다. 여자친구는 자신을 인정받고 싶었을 것이다. 남자친구가 아무 말 없이 자신을 안아주고 보듬어주길 바랐을 것이다. 가장 가까운 사람이 나를 이해하지 못하면 갑갑하고 슬프다. 그 상황을 벗어나고 싶을 거다. 상대를 공감하는 능력이 부족하다면 차라리 가만히 있는 게 낫다. 모든 상황은 '쉼'의 시간을 가짐으로써 해결되는 부분이 상당히 많다. 상대를 어떻게 대해야 할지 모를 때는 차라리 조금 떨어져 있는 것도 도움이 된다.

상대방이 전화 받고 싶지 않다고 하면 그냥 "알겠어, 더 이상 귀찮게 하지 않을게."라고 답하면 된다. 그렇게 하는 것이 바로 상대를 위한 존중의 개념이다. 괜한 자존심에, 물러나면 질 것 같다는 못난 생각에 사로잡혀 상대를 쏘아 붙이지 마라. 오히려 그 모습에 지쳐 떠날 것이다. 그렇게 말한 당신도 얼마 지나지 않아 후회하지 않는가? 그냥 가만히 있어라. 그러면 해결될 때가 많다. 당신이 그 순간을 현명하게 대처한다면 오히려 기회가 온다. 여자친구가 미안하다고 하거나, 당신이 그 일에 대해 언급할 수 있는 찬스 말이다.

오늘 아침 기사를 보았다. 연애를 하기 위해 클럽을 가고, 연애를 하기 위해 어떠한 기술들을 연마한다는 내용이었다. 참 씁쓸했다. 우리가 언제부터 연애를 하기 위해 클럽을 가야 한다고 생각했을까.

실제로 연애를 해보면 알겠지만, 연애는 시작하기보다 유지하기가 더 어렵다. 사랑에는 지속적인 관계를 가능하게 하는 신뢰와 공감이 어우러져야 하기 때문이다. 어쩌면 첫눈에 반해 불타오르는 청춘남녀의 뜨거운 사랑이 시간의 흐름에 따라 식어버리는 게 사랑인지도 모른다. 그러니까 괜한 곳에 감정 섞지 말고 진심을 다해, 뜨겁게 사랑해보자.

3장

너, 연애
처음이지?

서른을 앞둔 서글픈 모태솔로입니다

아무런 준비없이 상대를 기다리기만 해서는 멋진 상대를 만날 수 없다. 연애가 공부보다 훨씬 더 많은 에너지를 필요로 한다. 공부는 머리로 하지만 연애는 마음과 가슴으로 해야 하기 때문이다.

Q 안녕하세요. 한 달 후면 서른이 되는 스물아홉 살의 남자입니다. 대학 다닐 때는 여자에게 별 관심이 없었고, 군대 갔다 온 후로는 정신없이 졸업하고 취업준비를 하느라 여자 얼굴 한 번 제대로 못 보았습니다. 그렇게 취업하여 일만 하다가 얼마 전에 그만두고 쉬고 있습니다. 정신없이 달려오다 문득 지나간 세월을 돌아보니 정말 허탈했습니다. 지금까지 이렇다 할 추억 하나 없고, 무엇보다 남들 다 하는 연애 한 번 안 해본 게 서럽더군요. 아는 여사친(여자사람친구) 하나 없습니다.

연애는 하고 싶은데, 그렇다고 지금 취업 상태가 아니라서 겁도 납니다. 이러다가 서른이 되어서도 여자 손 한 번 못 잡아볼 것 같아 갑갑합니다. 솔직히 지금 심정으로는 취업보다 연애에 대한 걱정이 더 큽니다. 저에게 무슨 문제가 있는 걸까요? 그리고 지금 제가 여자친구를 사귀는 게 옳은 걸까요? 아니면 취업 후에 연애를 하는 게 맞는 건가요? 거침없는 말이라도 좋으니 제발 저 좀 도와주세요!

A　제 친한 친구 A의 이야기 들어보실래요? 스물아홉에 그녀는 백조였고, 엎친 데 덮친 격으로 살까지 쪄서 몸무게는 70kg을 육박했어요. 사람에 따라 다르겠지만, 대부분의 사람들은 고정적인 일을 안 하면 불규칙적인 생활로 인해 살이 찌고, 미래에 대한 불안감 때문에 눈치를 보게 되며, 자존감도 많이 떨어지게 됩니다. A양 역시 그중 한 사람이었답니다. 그러다 서른이 되던 해 A는 취업하여 일을 시작했고, 운동과 함께 자기관리도 시작했어요. 70kg이던 몸무게를 줄여 50kg으로 만들었고, 예전에 비해 자신감도 많이 생겼습니다. 자신감과 함께 자존감이 올라간 만큼 주변에서 보는 눈도 달라졌고 친구들도 소개팅을 해주기 시작했어요. 현재 그녀는 소개팅으로 만난 남자와 인연이 되어 예쁜 만남을 이어가고 있답니다.

　제 이야기도 해볼까요? 예전에 서울에서 공부할 때의 일이에요. 당시 사귀던 남자친구가 있었지만, 취업 준비로 저도 나름대로 힘든 시간을 보내고 있었어요. 게다가 공부를 한다는 이유로 일을 하지 않았기 때문에 벌어둔 돈으로 생활비를 충당하고 있었죠. 금전적인 여유가 없으니 자연스럽게 자존감도 낮아지더라고요. 아니나 다를까 연애에도 자신이 없어지더니 결국 남자친구와 결별하고 말았습니다.

서른을 앞둔 백수를 좋아할 여자는 그리 많지 않습니다. 연애는 결국 자존감과 결부됩니다. 자존감이 높아진 상태에서는 자신감이 붙기 때문에 연애를 잘할 수밖에 없지요. 그러니 우선 취업을 하고, 돈도 벌고, 자신을 좀 꾸며보세요. 그리고 활동적으로 움직여보세요.

당신이 지금 솔로라면 일단 운동을 하라고 권하고 싶다. 언젠가 책에서 "건강한 자신감은 건강한 육체에서 기인한다."라는 문구를 본 적이 있다. 나는 이 말에 100% 공감한다. 기본적으로 자신의 몸에 자신이 있으면 어떤 사람을 만나도 자신감이 생기기 때문이다.

모태솔로인 사람들 중에는 자존감이 낮은 사람들이 꽤 있다. 운동하면 식습관이 바로잡히고, 식습관이 바로잡히면 생활이 달라지고, 생활이 달라지면 자연스럽게 감각이 달라진다. 그렇게 되면 외모가 변하고, 외모가 변하면 표정과 말투가 바뀐다. 운동으로 인한 생활의 변화가 단순히 외모뿐 아니라 내면을 성장시키기 때문이다. 꾸준한 운동이야말로 자존감을 높이는 첫 번째 방법임을 잊지 말자.

　주변에 연애를 좀 한다는 남자들을 보라. 그들은 주변 시선 따위는 아랑곳하지 않는다. 또 연애 잘하는 여자를 보면, 딱히 외모가 뛰어나지 않더라도 자신만의 필살기 하나쯤은 가지고 있다. 예를 들면 애교가 있다거나 긍정적인 미래에 대한 확신, 독특한 그녀만의 분위기 등이다. 그러니 세상에 불평불만 하기 전에 먼저 자기 자신을 뒤돌아보고, 주위의 부정적인 시선을 줄여야 한다. 멋진 여자는 준비되지 않은 당신과 인연이 아닐 테니 말이다.

　자신감이 생기고 누군가를 만날 수 있는 상황이라면, 이것저것 따지지 말고 누구든 만나보길 권한다. 우리가 누군가를 만날 수 있는 기회는 많지 않다. 20대 초반과는 달리 나이가 어느 정도 들어 사람을 만나려고 하면 누구든 조건부터 보는 것이 현실이다. 가볍게 만날 수 없기 때문이다. 따라서 주변 친구들의 소개를 통하거나 동호회 모임 같은 데서 사람들을 만나라고 권하고 싶다.

　여태껏 누군가를 만나본 경험이 없다면 더 늦기 전에 경험해 봐야 한다. "아는 만큼 보인다."라는 말을 들어보았을 것이다. 뭐든 경험이 중요하다는 소리다. 연애라고 다르지 않다.　연애도 경험하고 실패해보아야 잘할 수 있다. 열렬히 사랑한 사람을 떠나보낸 후에야 비로소 사랑을 알 수 있다. 많은 사람들이 그렇게 경험을 교훈삼아 다시는 같은 실수를 반복하지 않겠다고 다짐하며 새로운 사랑을 찾아 나선다.

아무런 준비 없이 상대를 기다리기만 해서는 멋진 상대를 만날 수 없다. 공부보다 어려운 것이 사랑이다. 사랑에는 엄청난 노력이 필요하다. 공부보다 연애가 훨씬 더 많은 에너지를 필요로 한다. 공부는 뇌로 하는 거지만 연애는 마음과 가슴으로 해야 하기 때문이다.

연애를 시작하려면 먼저 연애할 준비를 해두어야 한다. 아직 준비되지 않은 상태에서는 사랑이 찾아온다고 해도 그 사랑을 안타깝게 떠나보내야 하는 상황이 종종 발생하기 때문에 일단 연애에 대한 환상을 벗어 던져라. 일반적으로는 대부분의 연애를 드라마로 배우기 때문에 자신을 드라마 속 주인공으로 착각하고 상대를 기다리는데, 드라마는 드라마일 뿐이다. 현실에서 그런 상대를 찾기는 어렵다. 드라마의 주인공들이 어디 보통 인물인가? 제발 현실적인 기준을 갖춰라. '이건 죽어도 안 돼!' 라는 기준만 확고하다면, 현실 속 인물과 사랑을 시작할 각오를 다지자.

주변 친구들에 비해 내가 유독 남자를 많이 만났던 이유는, 동네방네 "나 지금 남자친구 없어."라고 소문내고 다녔기 때문이다. 세상 어떤 일이든 혼자 해결하기는 어려워도 누군가의 도움을 받으면 쉽게 풀리는 일이 많다. 그러니 주변 친구들에게 외롭다고 푸념도 늘어놓고, 좋은 사람 있으면 소개시켜 달라고 조르며 당당하게 자신을 드러내라. 그렇게 하다 보면 여자를 만나는 일도 자연스러워질 것이며, 그중에 당신에게 썩 어울리는 여자친구도 생길 것이다.

연애란 서로 맞춰 나가는 것이다. 당장 '짝'을 만들었다고 해도 그 인연을 오래토록 유지하는 데는 상당한 어려움이 따른다. 내가 연애를 하면서 깨달은 것은, 진정한 연애란 순탄하게 결혼에 골인하는 것이 아니라는 점이다. 서로 상처를 주고받고, 가슴이 쓰라리도록 울어도 보고, 이별의 허무함에 절망도 해보고… 그러면서 내가 성장하는 것이 진정한 연애의 목적이다.

연애와 결혼은 현실이다. 우리만의 사랑을 찾아가고, 서로에게 꼭 맞는 사람이 되도록 노력해야 한다. 그러니 지금 당장 상대가 없어서 외롭다고, 나만 연애를 못한다고 너무 상심하지 말자. 다만 건강한 연애를 위해서라도 당신만의 준비와 전력, 변화가 필요하다는 것을 명심하자.

남자와 여자, 정말 우정이 있나요?

지금은 이성과 친구가 될 수 있다고 당당하게 말할지라도 시간이 흐르면 생각이 어떻게 변할지 모를 일이다. 세월이 흐른 후에도 감정적 변화 없이 우정을 유지한다면 그만큼 축복받은 일도 없다.

Q 20대 중반의 남자입니다. 요새 여자친구와 남녀의 우정 문제로 다투는 시간이 많아졌습니다. 저는 남녀 사이에 우정은 없다고 보는데, 제 여자친구는 아닌 것 같습니다. 지금 사귀고 있는 여자친구는 허물없이 지내는 남자가 꽤 많습니다. 여자친구와 있다 보면 남자한테 전화나 문자가 오는 경우가 많은데, 그것도 특별한 이유가 없는 안부 차원입니다. 작가님, 저는 정말 물어보고 싶네요. 짝사랑이나 이성적인 매력 없이, 남녀 사이에 순수한 우정 하나로만 친구 사이가 가능한가요?

A 인류 최대의 난제 중에 하나가 바로 '남녀 간에 친구가 있을까?'입니다. 물론 사람에 따라 다르긴 하지만, 제 생각을 말해보라면 저는 "남녀 사이란 친구 사이로 머물 수도 있고,

연인 사이로 발전할 수도 있어요."라고 답하겠습니다. 제 경험 상으로는 우정이 불가능했지만, 다른 친구의 경험을 보면 우정 이 가능했거든요.

이런 말 들어보신 적 있으실 거예요.

"술과 밤이 있는 한 남녀 간의 우정은 불가능하다."

예전에 한 TV 프로그램에서 남자 게스트가 나와서 이런 말을 한 적이 있었어요.

"대부분의 남자들은 여자가 애인이 아닌 이상 허물없이 친하 게 지내기가 힘들죠. 전 솔직히 말해서 이성적인 관심이 조금 이라도 있기 때문에 친구관계도 유지되고 있다고 봅니다. 이성 적인 관심이 조금이라도 있다는 건 우정이 아닌 짝사랑이라고 볼 수 있겠죠? 그건 우정이 아닙니다."

전 이때 유래카를 외쳤어요. 정말 공감되는 말이었거든요.

예전에 남자친구와 다툰 후 당시 스터디를 같이하는 오빠에 게 전화를 걸어 하소연을 한 적이 있었어요. 저는 그냥 말동무 가 필요했고, 남자 문제는 남자에게 물어봐야 한다는 생각 때 문에 연락했던 거죠. 그 오빠에게도 여자친구가 있어서 오히려 생각 없이 연락할 수 있었던 건데, 그건 저만의 착각이었어요. 그는 대뜸 자기도 여자친구랑 문제가 많아 이별을 생각하고 있 으며, 내게 관심이 있었다면서 고백을 하더라고요.

너무 황당하기도 하고 당황해서 "오빠가 사랑해서 만난 여자
친구는 오빠가 책임져야 하는 거 아냐? 그리고 지금 나에게 이
러는 거 여자친구가 알면 어떤 기분이겠어?"라고 말하니 아무
말도 못하더라고요. 그러곤 전화를 끊었습니다. 그때 알았죠.
편하게 연락할 수 있다고 생각했던 이성은 동성 친구처럼 가까
워질 수 없다는 것을요.

저 또한 예전에 남자친구가 있는 상태에서 아무렇지 않게 연
락하는 Q오빠가 있었습니다. 어차피 저는 남자친구 외에 다른
남자는 거들떠보지도 않았고, Q오빠에게는 아무런 감정이 없
었기 때문이었습니다. 그래서 남자친구 있을 때도 당당하게 연
락을 주고받았던 것이었죠.

그랬는데 남자친구가 저에게 화를 내더라고요. 남자는 관심
없는 여자한테 연락을 안 한다고, 그 사람이 너에게 관심이 있
는 거라고요. 제가 아무리 아니라고 설명해줘도 남자친구는 오
히려 저에게 "네가 남자를 몰라"라는 말만 되풀이했습니다. 하
지만 시간이 흘러 저는 알아버리고 말았습니다. Q오빠가 오랫
동안 저를 좋아했다는 사실을 말이죠.

저처럼 당신의 여자친구 또한 당신을 사랑하고 있기 때문에
다른 남자와 아무렇지 않게 연락하고 있을 가능성이 커요. 하

지만 당신의 마음이 너무 불편할 때는 "남자는 관심 없는 여사에게는 연락하지 않아!"라고 따끔하게 말해주라고 조언하고 싶네요. 물론 여자친구는 잘 느끼지 못할 수도 있습니다. 하지만 그건 당신의 여자친구가 그 남자에게 전혀 호감 따위 느끼지 못해서 그런 것이니 안심하시고요.

예전에 이런 글을 본 적이 있다.

"아무 감정이 안 생기는 사람과는 우정도 안 생긴다."

"잠깐은 친구일 수 있지만, 결국에는 다 깨진다. 친구는 동성끼리나 가능하다."

그렇다면 친구란 무엇일까? 그중에서도 좋은 친구란 무엇인가? 당신에게는 정말 좋은 친구라고 꼽을 수 있는 사람이 몇 명이나 있나? 생각해보면 동성이든 이성이든 좋은 친구가 되는 건 어려운 일이다. 서로 통하는 게 있어야 하고, 이해할 수 있어야 하고, 배려해야 하고, 잘 맞아야 한다. 그렇게 오래토록 함께 우정을 쌓는 것이다.

이처럼 우정을 쌓는 과정에서 서로 정이 들기 때문에 남녀 간에 친구가 되기가 어렵다고 생각한다. 그 예를 잘 보여주는 영화가 있다. 〈해리가 샐리를 만났을 때〉라는 영화를 보면 해리와 샐리가 몇 년간 친구로 쭉 지내다가, 결국은 연인이 되고 마침내 결혼한다. 모두가 잘 아는 영화 〈엽기적인 그녀〉에서의 견우와 그녀도 마찬가지다. 하지만 언제나 예외라는 것도 존재한다.

"작가님, 저는 가능하던데요? 남자사람친구와 잘만 지내고 있어요!"

물론 아주 오래된 친구이거나 서로 애인이 있는 상태에서 만난 경우, 즉 만났을 때부터 남녀 관계에 대한 부분을 배제하고 만난 경우는 우정이 가능한 경우도 있다. 내 친구 중에도 그렇게 우정을 쌓고 있는 친구가 있다. 언젠가 그 친구가 내게 말했다.

"나는 남사친과 지금도 사이좋게 지내고 있어. 서로 이성에 대한 조언도 해주면서 말이야. 알다시피 그 친구도 애인이 있고, 나도 애인이 있잖니. 물론 동성친구 같은 유대관계는 아니지만, 난 그 친구가 너무 편해. 감정이 커지거나 그럴 가능성은 전혀 없는걸!"

그럴 수 있다. 하지만 세상에 100% 단정 지을 수 있는 일이 얼마나 될까? 혹여 둘 사이에 어떤 미묘한 감정이 싹트기 시작한다면 '우정'이라는 타이틀을 벗어야만 한다. 남사친과 그의 애인이 결별을 해서 위로해주다가 감정이 생길 수도 있고, 반대로 여사친이 남자친구와 헤어져서 감정적으로 위로를 받다가 설레는 감정을 느낄 수도 있지 않을까? 서로 잘 유지하면 좋으련만, 그 얼마나 힘이 드는 일인가. 한 사람의 감정이 커져버리면 우정을 유지하기가 어려우니, 둘 다 엄청난 노력이 필요한 일이다.

어쩌면 지금은 당당하게 이성과 친구가 될 수 있다고 말할지라도, 시간이 흐르면 또 다른 상황들이 발생할 테고 생각이 어떻게 변할지 모를 일이다. 생태적으로 다르게 태어난 남녀가 친구관계를 유지하는 게 얼마나 어려운지 잘 알고 있는 나로서는, 그 둘의 아무 일 없는 관계(?)를 축복할 일이라고 생각한다. 세월이 흐른 후에도 그 둘 사이에 아무런 감정적 변화 없이 우정을 유지한다면, 그만큼 축복받은 것에 감사해야 할 터이다.

연락한다고 했는데 소식이 없어요

솔직히 이미 답은 나와 있다. 당신을 향한 그의 정적이야말로 진짜 답인 것이다. 그에게 다시 연락하는 것은 당신을 거절할 기회를 한 번 더 줄 뿐이다.

Q 5년을 사귄 남자친구와 헤어진 지 4개월이 되어가네요. 갑작스럽게 헤어져서 그때는 죽을 만큼 힘들었지만, 결국 시간 앞에서 무뎌지더군요. 매일 생각나는 건 사실이지만, 그래도 마음을 잘 추스르고 있습니다. 그러다가 친구들이 다른 사람 만나보라며 소개팅을 시켜줬습니다.

외모는 별로였지만 얘기를 나누다 보니 전 남자친구에게는 없었던 장점도 많이 보이고 취향도 비슷해서 잘 맞을 것 같다는 생각이 들었습니다. 식사를 마치고 술 한잔하고 싶다고 하는데, 제가 일찍 가봐야 하는 상황이라고 하니 아쉽다고 그럼 차로 하자고 해서 차 마시고 좋게 헤어졌습니다.

그 이후 연락을 몇 번 주고받았는데 일주일 전부터 연락이 없습니다. 문자도 자상하게 보내고, 영화 보고 있다고 하니 다음에 영화 보러 가자고 하고, 저녁 먹고 있다고 하니 맛있는 음식점도 소개해준다고 하더니…. 그래서 '이 사람도 나쁘지 않겠구나' 싶었는데 목요일부터 연락이 없어서 이상하더라고요. 어쩌죠? 연락이 뚝 끊긴 그에게 저도 모르게 신경이 쓰이네요. 친구에게 그 말을 했더니 "밀당하는 거 아냐?"라며, 자기도 신중하게 만나려고 하니 조심스러운 거 아니겠냐고 하더라고요.

친구는 못 이기는 척 연락 한 번 해보라고 하는데, 전 왠지 그는 마음에 안 드는데 제가 괜히 먼저 연락하는 게 아닌가 싶어서 연락을 못 하겠더라고요. 첫 만남이 나쁘지 않아 한 번 더 만나볼 생각이었는데, 연락이 갑자기 뚝 끊기니 어떻게 해야 할지 잘 모르겠습니다. 누구 말로는, 남자는 여자가 맘에 들면 어떻게든 연락을 먼저 할 거라고, 그냥 생각도 하지 말라고 하는데 괜히 망설여집니다. 조언 부탁드립니다!

A 당신의 판단이 맞을 거예요. 하지만 친구의 말대로 연락을 해봐도 될 거예요. 그가 당신에게 거절할 기회를 한 번 더 주고 싶다면요. 그에게 갑작스럽게 일이 생겨 당신에게 연락 못했을 가능성도 있지 않을까요? 물론 그럴 수도 있습니다. 하지만 제 생각에는 그가 당신 생각을 하지 않거나, 다른 여자를 만났거나, 당신이 그에게 완벽한 이상형이 아니거나… 뭐

이런 것들 때문에 당신에게 연락하지 않는 것 같아요.

당신이 먼저 연락해서 가슴에 한 번 더 강한 스크래치를 남기고 싶지 않다면 그에게 연락하지 마세요. 차라리 그 시간에 그를 기다리느라 보지 못했던 영화나 실컷 보세요. 그래도 그에게 연락하고 싶다면 말리지는 않겠어요. 하지만 제가 미리 말했다는 건 잊지 마시기 바랍니다.

상대를 좋아하는 마음이 있는 상태에서 이렇다 할 답을 못받는 것보다 힘든 일은 없을 것이다. 하지만 솔직히 이미 답은 나와 있다. 당신을 향한 그의 정적이야말로 진짜 답인 것이다. 그에게 다시 연락하는 것은 당신을 거절할 기회를 한 번 더 줄 뿐이다. 이 세상에 남자가 반이고 여자가 반인데, 굳이 나 싫다는 남자한테 연락할 이유는 없다.

좋아하는 사람이 연락을 끊으면 마음이 아픈 건, 그 사람이 나를 생각하는 마음을 직시해야 하기 때문이다. 이제 애인 사이가 되나 싶었는데, 당신의 노력이 물거품이 되었기 때문에 당신 마음이 쓰라린 거다. 그가 당신에게 조리 있게 왜 당신에게 연락하지 않았는지에 대해서 설명해준다면 만족스러울까?

그는 당신을 맘에 두지 않았다는 걸 최대한 당신이 상처 입지 않도록 설명하려 들 것이다. 그건 슬픈 일이다. 그걸 듣는 것

자체가 고통스러울 테니까. 하지만 이제부터 그가 아닌 다른 일에 관심을 기울인다면 당신은 만족하게 될 것이다. 마음 떠난 그에게 에너지를 쏟는 일은 썩 유쾌한 일이 아니니까.

    내가 소개팅 했을 때의 일이다. 곱게 화장을 하고, 가장 어울리는 옷을 입고, 신선한 오렌지 향의 향수를 뿌리고 약속 장소로 나갔다. 소개팅에 나온 그는 얼굴도 잘생기고 키도 크고… 내게는 어쩌면 버거워 보이는, 그러니까 누가 봐도 괜찮은 남자였다. 문득 이렇게 괜찮은 남자와 미래를 함께하면 어떨까 생각하며 행복한 시간을 보냈다. 그도 나를 싫어하는 것 같지 않았다. 우리는 몇 시간이나 대화를 나누고 술도 한두 잔 곁들여 마셨다.

    헤어진 후 보통 남자들이 먼저 잘 들어갔냐고 문자를 보냈지만, 그 남자가 썩 마음에 들었기에 내가 먼저 연락을 했다. 뭐 어때? 내가 좋은데? 그렇게 하면 안 되는 거야? 괜한 자신감이 붙기도 했다. 그렇게 몇 번 연락을 주고받았는데, 그 뒤로 연락이 '뚝' 끊겨 버렸다. 나는 정말 그와 잘해보고 싶었는데 '이게 정말 끝인 건가?' 너무나도 절망스러웠다. 마음 맞는 일이 이렇게 어려운 것일까?

    내가 그의 마음을 돌려보기 위해 어떤 노력을 했다 한들 다

소용없는 짓이다. 그의 뇌를 다른 사람의 뇌와 바꾸지 않는 이상 그는 바뀌지 않을 테니까. 나는 좋았을지라도, 그는 이미 내가 아니라고 결론 내린 거다. 그 사실을 믿지 못하고 그에게 가서 이유를 묻고 따진다면, 그에게 자신의 결정이 옳았다는 것을 다시 한 번 확인시켜주는 꼴밖에 되지 않는다. 남자 입장에서 여자의 매달림은 정말 끔찍한 일이기 때문이다.

'이제 나도 애인이 생기려나?' 싶을 때 상대방과 연락이 되지 않으면, 연락이 되지 않는다는 사실에 집중하기보다, 상대는 이미 내가 아니라는 결론을 냈다는 사실을 인정해야만 한다. 그래서 더욱 절망스럽다. '아, 내가 조금 더 잘 해줬더라면, 그때 내가 이렇게 말했다면 우리 사이가 이렇게 끝나지 않았을 텐데'라고 혼자 자책하지 말자. 그래 봤자 두 사람의 관계가 변하는 건 아니다. '정말 이러다가 남자친구도 한 번 제대로 못 사귀어보는 거 아닐까? 결혼은?' 같은 생각에 사무쳐 자존감을 깎아먹는 일 따위 없었으면 좋겠다.

그가 나를 마음에 들어 하지 않는다는 사실을 인정한 후에는 마음이 쓰라리다. 그 다음은 아무것도 하기 싫어진다. 무기력해지며, 구역질이 나온다. 그를 생각할수록 충격에 휩싸인다. 하지만 무엇보다 나를 고통 속에서 빠져나오지 못하게 하는 건,

두 사람 사이가 이것밖에 되지 않는다는 사실을 있는 그대로 바라보는 일이다. 친구들은 말한다. "똥 밟은 거라고 생각해", "야야, 됐다 그래라", "너 좋아하는 사람 널렸어!" 하지만 그 사실을 어떻게 인정해야 할까? 나를 들여다보는 것만큼 힘든 일이 또 있을까?

사랑이 내 맘과 달라서, 나 혼자서 문을 닫아야 할 때도 있다. 남녀 간의 헤어짐은 동성 친구들과의 헤어짐과는 그 속성이 다르다. 끝이라는 사실을 인정하고 싶지 않지만 그것을 받아들여야 할 때도 있으니까 말이다. 그러니까 지금 당신이 마주하고 있는 현실에서 느끼는 감정에 충실하자. 그가 당신에게 연락하지 않는 이유는, 그는 당신에게 썩 어울리는 남자가 아니기 때문이다. 단지 그것뿐이다.

제 상황에 남자를 만날 수 있을까요?

곁에 그가 있어야만 사랑을 유지할 수 있는 것은 아니다. 서로에 대한 믿음만 있으면, 상대가 멀리 떨어져 있어도 혼자 잘 지낼 수 있으면, 비로소 완전한 사랑이 된다.

Q 저희는 CC였습니다. 2년의 사랑을 지속하면서 힘든 날도 참 많았지만, 우리는 그 순간들마저도 사랑했습니다. 그러다가 제가 경기도 쪽으로 취업을 하게 되면서 본이 아니게 장거리 연애가 시작되었죠. 그때부터 예전과는 뭔가 다르다는 느낌을 받았습니다. 연락을 주고받아도 공허함이 계속 되었어요. 그러다 보니 서로에 대한 감정의 골이 깊어지더군요. 장거리 연애라 자주 못 보는 것도 있지만, 싸우기라도 하면 이것저것 신경 써야 할 것이 많아 힘들었어요. 그 역시 부산에서 직장생활하기 힘들었겠죠. 어찌되었든, 우리의 사랑은 그렇게 종지부를 찍고야 말았습니다. 직장생활도 마음 같지 않아 너무 힘든데, 앞으로 또다시 어떻게 사랑을 할 수 있을까요? 먹고살기도 빠듯하고, 사랑 참 힘드네요.

A 제 이야기를 안 들려 드릴 수가 없네요. M은 저의 예전 직장 상사였어요. 그를 처음 보았을 때 제겐 남자친구가 있었지만, 그가 괜찮은 사람이란 것쯤은 너무나 잘 알고 있었어요. 남자친구와 결별하고 저는 서울로 공부하러 올라왔고, 그때 M에게 연락이 왔습니다. 그는 저를 보러 서울로 올라왔고, 기적처럼 우린 연인이 되었어요.

하지만 우리의 사랑은 오래가지 못했어요. 첫째, 처음부터 장거리 연애를 시작했다. 둘째, 저의 연애 스타일은 일주일에 두세 번은 봐야 하는데 그러지 못했다. 셋째, 연락이 잘 되는 것이 무엇보다 중요한데 시간이 지나면서 연락이 잘 되지 않았다. 솔직하게 말씀드리죠. 사실 앞선 이유들보다 제일 큰 문제는 우리 사랑의 크기였어요. 어떠한 조건에도 사랑하는 사람들이 있어요. 하지만 우리의 사랑은 거리를 이기지 못했던 거예요. 핑계 아니냐고요? 핑계일 수도 있죠. 어쨌든 우리는 멋진 사랑을 하지 못했으니까요.

사람이 살면서 직장이 있다는 것은 중요한 사항입니다. 자존감을 위해서도 일을 놓아서는 안 됩니다. 미래를 위해 열심히 살아가는 당신의 모습은 너무도 아름답습니다. 하지만 그것이 당신을 슬프게 만들어버렸네요. 장거리 연애인지라 데이트도 맘대로 할 수 없고, 타지에서 심적으로 많이 힘들었을 거예요. 여러 가지로 상황이 좋지 않았다는 것도 인정합니다. 두 사람이 조금 더 안정적인 상황에서 만났더라면 어땠을까 싶기도 하네요.

하지만 가슴 아픈 직언을 하자면, 두 사람은 애틋하게 서로의 사랑을 이어갈 수 있는 사람들이 아니었어요. 있는 그대로의 당신과 그를 이해하고, 그럴 수밖에 없었던 상황들을 너무 탓하지 말았으면 해요. 그를 너무 미워하지도 말고요. 그냥 서로에 대한 마음이 그만큼밖에 되지 않아서 헤어진 거리고 생각하는 게 당신을 위해서도 좋아요.

당장은 지금의 순간들이 힘들지라도 다 지나가기 마련입니다. 갑자기 힘이 들어 슬픔이 찾아오면 참지 말고 우세요. 자신의 감정을 너무 억누르지 마셨으면 해요. 아무리 강한 사람도 독불장군처럼 혼자 살 수는 없답니다. 타지라도 사람들과 어울려서 놀기도 하고 바깥활동을 열심히 하다 보면 뜻하지 않은 행운이 올 수도 있으니, 스스로 지금의 상황을 너무 자책하지 않았으면 좋겠습니다.

누가 그러더라고요. 사랑을 시작하는 게 너무 어렵다고요. 그래서 제가 말했습니다. 사랑은 시작하는 것보다 지속하기가 더 어려운 거라고요.

남녀가 사귀다 보면 서로를 이해해야 하는 부분들이 많이 생깁니다. 서로 살아온 인생, 가치관, 생각하는 사고방식 등등 모든 것이 다 다르잖아요. 그럴 때마다 고비가 오기 마련이지요. 그러니 이렇게 쉽게 끝난 사랑에 너무 힘들어 하지 않았으면 해요. 두 사람 모두 미래를 위해 고군분투하고 있었고, 어쩔 수 없었잖아요. 상황이, 타이밍이 사랑에 집중하기엔 너무 어려웠습니다.

물론 어떤 상황이라도 연애에 아무런 영향을 받지 않는 사람들이 있기도 해요. 그런 사람들을 떠올리며 너무 상심할 필요는 없습니다. 그들에겐 또 그럴 만한 이유가 있을 테니까요. 지금 내 마음에 그럴 만한 여유가 없는데 굳이 힘들게 애쓸 필요가 있을까 싶습니다. 허나 다음 사랑에서는 조금 더 안정된 상황에서 연애를 하면 좋겠네요. 앞으로는 당신이 사랑할 수 있는 만큼 사랑해보세요.

원래 연애가, 아니 사랑이 제일 어렵다. 장거리 연애는 더 어렵다. 나는 연애를 하면 최소한 일주일에 세 번 정도는 봐야 한다고 믿었던 연애주의자였다. 그래서 더욱더 장거리 연애와는 맞지 않았다. 너무 보고 싶고 키스하고 싶은데! 멀리 있으면 그럴 수 없으니 미칠 노릇이었다. 참아가며 연애하는 건 내 스타일이 아니었다. 물론 꼭 자주 봐야 하는 것이 사랑의 충분조건은 아니다.

내가 첫사랑과 연애할 때는 정말 자주 봤었다. 하루에 두 번씩 보는 날도 있을 정도였다. 사실 안 만난 날이 거의 없어서 손에 꼽힐 정도다. 하지만 늘 함께하며 뼛속까지 사랑했더라도 이별 앞에선 속절없었다. 헤어짐은 정말 순식간에 일어났으니까. 하지만 그 당시 내 친구는 2년 동안 단거리와 장거리 연애를 번갈아 하며 사랑을 이어갔고, 그 다음해 사랑의 결실을 이루었다.

지금은 잘 안다. 내 곁에 그가 있어야만 사랑을 유지할 수 있는 건 아니라는 사실을. 서로에 대한 믿음만 있으면, 상대가 멀리 떨어져 있더라도 혼자 잘 지낼 수 있으면, 비로소 완전한 사랑이 된다는 것을. 보고 싶을 때 볼 수 없어 외롭고 그리울 수 있지만, 그것이 이별을 의미하는 건 아니니까.

그 사람이 다시 내게 온다면 조금 더 성숙한 사랑을 할 수 있을 것 같다. 왜? 한 번 해봤으니까. 더 잘해주고 사랑해줄 수 있는 방법을 배웠으니까. 가슴 절절하고 쓰라린 이별을 통해서 사랑을 배우는 것은 어찌 보면 참 애석한 일이다. 어찌하여 떠나보내고 나서야 그 소중함을 알 수 있는지 모를 일이다.

이런 말이 있다.

"우리의 곁에 행복이 떠난다.
그 자리에 우리의 영혼이 머물며
진정 우리를 기쁘게 할 것이다."

보고 싶을 때 볼 수 없는 거리에 있는 연인이라면 서로를 향한 간절한 마음을 확인시키는 것이 중요하다. 전화 한 통화로 나올 수 있는 거리에 없다면 서로에 대한 믿음이 기본이 되어야 한다. 혹여 연락을 자주 할 수 없는 상황이라면 걱정을 안겨 주지 않도록 해야 한다. 어떠한 상황에서도 불안하지 않게 만드는 것이 가장 중요하다. 음식도 양보다 질이 중요하듯이 연애 또한 만남의 횟수보다 질이 중요하다.

연애의 적신호는 두려움과 불안감이다. 사랑에 에너지가 있듯 불안에도 에너지가 있는데, 그 에너지가 커져버리면 상대방에게 고스란히 전해진다. 그러니 그 사랑을 놓치지 않으려고 부단히 애를 쓰는 것이 아니겠는가. 그것이 과도해지면 집착으로 변하게 되고, 결국 이별을 자초하는 시발점이 되기도 한다.

상대가 떠날까 노심초사, 너무 불안해 하지 말자. 그 시간에 그에게 좀 더 잘해주고 내 마음을 다해 표현하고 사랑하자. 후회하지 않을 만큼! 그 사람이 나를 두고 떠날까 두려워지지 않을 만큼! 그리고 그만큼 본인을 위해서도 최선을 다하자. 그렇게 사랑한다면 이별 앞에서 좀 더 당당하고 자유로워지지 않을까? 적어도 최선을 다했으니 아쉬움은 덜 남을 것이다.

썸남이 애인이 될 수 있을까요?

썸은 아직 감정이 무르익지 않은 애매모호한 남녀를 마치 연애의 기분으로 이성을 잃게 만들 수 있는 무서운 단어다.

Q 친구와의 술자리에서 지금의 썸남을 알게 되었습니다. 그가 친구에게 며칠 전부터 제게 관심을 표하며 잘되게 도와달라고 했대요. 썸남은 전 여자친구와 헤어진 지 얼마 안 되었다고 하더라고요. 처음엔 조금 어색했지만 서로 궁금한 것도 물어보면서 친해졌고, 저도 점점 호감이 생겼습니다. 그런데 어쩌죠? 지금 그는 전 여자친구와 계속 연락을 하고 지내는 것 같더라고요. 저와 잘해보려는 줄 알았는데 상황이 이렇게 되니 너무 신경 쓰입니다. 그냥 단도직입적으로 말해야 할까요? 아니면 기다려야 하나요? 정말 답답합니다. 도와주세요!

A 썸이란 그런 거죠. 카톡으로 자주 연락하고, 불금을 함께 보내기도 하고… 주말이 심심하지 않는 관계라고나 할까

요?

간혹 친구들이 "혜영아, 썸은 어떻게 해야 해?"라고 물으면 저는 즉각적으로 답합니다.

"썸을 탈 시간이 있으면 영화나 한 편 더 봐라."

저는 썸을 별로 좋아하지 않습니다. '썸'이라는 환상적인 단어로 애인 행세를 하는 건 정말 아니라고 생각하기 때문입니다. "우리 사귈까?"라는 설레는 단어가 있는데도 불구하고, 그 말은 쏙 빼놓고 애매모호하게 연애하는 행동은 여자를 헷갈리게 만듭니다. 머리가 지끈지끈할 정도로 말이죠.

여자는 남자에게 확신을 가지지 못하면 불안과 두려움이 공존하게 됩니다. 시간이 지남에도 불구하고 고백하지 않는 썸남에게 '정말 이 사람이 나를 좋아하긴 하나?' 의심마저 들지요.

지금 썸남은 당신과 사귀기엔 애매한 것 같습니다. 초반에 당신에게 관심이 있다고 말한 것과 다르게 지금은 전 여자친구에게도 미련을 버리지 못하고 이상한 관계에 엮여 있으니까요. 뭐랄까? 전 여자친구와 잘되지 않으면 당신에게 어떻게 해보려는 심산일 수도 있겠네요.

이런 상황에서 당신이 관계를 확실히 하지 않고, 그의 마음을 돌려보려고 1부터 100까지 맞춰준다면 남자는 당신을 소중하게 생각하지 않을 겁니다. '난 너에게 푹 빠져 있어'라는 티를 너무 내서 자꾸 만만하게 보인다면, 나중에 당신만 억울하고 분통 터지는 일이 발생할 수 있습니다. 그러니 지금은 그에게 직접 물어보는 게 좋을 것 같아요.

"우리 지금 어떤 사이야? 확실히 말해줬으면 좋겠어."

이런 어정쩡한 관계를 좋아하는 사람은 아무도 없을 겁니다. 만약 그가 전 여자친구에게 미련이 남아 있는 거라면 차라리 다행이에요. 당신을 힘 빠지게 한 건 사실이지만, 그와 결혼을 앞두고 이런 일이 생겼다면 어쩔 뻔했어요? 지금 당신에게 확신 없는 남자는 나중에도 확신 없는 행동으로 실망시킬 확률이 크답니다. 그런 일을 방지하기 위해서라도 꼭 물어보셔야 해요. 그리고 전 여자친구가 아닌 당신을 택한다면 확실히 짚고 넘어가세요.

"난 이렇게 애매한 관계는 원치 않아. 앞으론 이런 관계로 날 힘들게 하지 않았으면 좋겠어."

어떤 결과든 당신에게 좋은 쪽일 겁니다. 행운을 빌어요.

썸을 타는 과정에서 오는 설렘, 책임질 필요 없는 즐거움으로 상대방에게 연락을 하는 가능성도 배제하기 어렵다. 썸남은 그저 자신의 외로움을 달래줄 누군가가 필요한 것뿐일 수도 있다. '너도 외롭고 나도 외로운데 뭐 어때?'라는 마음으로 연락하는 관계라면 빨리 정리하는 것이 옳다.

태어날 때부터 다른 성을 가지고 태어났기 때문에 외로워서 밤늦게 함께 술을 마시면 어떻게 될지 모를 일이지 않은가. '원나잇'이 판을 치는 마당에 한순간의 실수로 이불킥하는 여자들을 수도 없이 봐왔다. 썸은 아직 감정이 무르익지 않은 애매모호한 남녀를 마치 연애의 기분으로 이성을 잃게 만들 수 있는 무서운 단어다.

보통의 여자들이 바라는 이상적인 썸은, 이도 저도 아닌 관계가 아닌, 썸남의 확실한 '고백'을 통한 관계 발전의 통로가 되는 것이다. 그러나 당신에게 고백할 용기조차 없는, 당신의 매력을 알지 못하는 남자에게 고백을 기대하는 것은 무리다. 여자들은 확실한 관계를 원한다. 감정적 소모만 하고 진척이 없는 것 같다면 만나서 분명하게 자신의 의사를 밝히는 게 좋다.

"지금처럼 애매한 상황은 내가 원하는 관계가 아니야. 이 관계를 확실히 해줬으면 좋겠어."

문자나 전화보다는 직접 만나서 말을 해야 썸남도 당신의 마음을 알게 되고, 당신을 위해 지금의 문제를 어떻게든 해결하려고 할 것이다. 물론 썸 사이도 애인이 될 수 있다. 당신이 그에게 확신을 느낀 만큼 그도 당신을 확실하게 생각한다면!

연인 사이도 아닌데 애인처럼 만나다 보면 정말 이도 저도 아니게 된다. 나도 애매하기 짝이 없는데 상대는 더욱 애매하니 정말 미칠 노릇이다. 고백을 하면 좋으련만 그럴 기미는 보이지도 않고, 생각만 하면 피가 거꾸로 솟는 것 같다.

이럴 때 솔로 친구들은 "야야. 그러니까 없는 게 편하지.", "그 정도의 감정 소모도 안 하고 무슨 연애를…", "그래서 내가 연애를 안 하는 거야." 같은 말들로 당신을 힘 빠지게 만들거나 슬프게 만든다.

썸남이 고백하지 않을 때는 다른 데로 관심을 돌려보는 것도 나쁘지 않다. 예를 들면 다른 이성을 만나거나, 공원을 산책하거나, 동호회에 가입해서 활동을 하는 것도 좋다. 썸 타는 사이는 연인 사이가 아니기 때문에 아무런 제약 없이 다른 남자들을 만날 수 있다. 그렇게 하면 썸 타는 남자와도 자연스럽게 적당한 거리감이 생기고, 썸남이 정말 당신이 투자할 만한 가치 있는 남자인지 파악할 시간도 벌 수 있게 된다.

누구라도 쉽게 얻지 못한 것에 관심을 두게 마련이다. 사람의 마음도 마찬가지다. 쉽게 마음을 열지 않는 상대에게 더 관심을 두고 마음이 끌리는 것이다. 될 듯 말듯한데 잘 되지 않는, 자기 마음대로 할 수 없는 상대에게 더욱 애정이 가고 마음이 쓰이는 것이다. 때문에 그 상대를 내 애인으로 만들었을 때는 만족감이 커지게 된다. 그러니 썸남이 있더라도 다른 남자를 만나는 것을 두려워하지 말자. 자유롭게 만나다 보면 썸남의 마음을 좀 더 정확히 알 수 있을 것이다. 당신이 만나는 사람을 신경 쓰거나 질투한다면, 당신을 마음에 두고 있다는 증거일 테니까.

상대의 마음을 정확히 모른 채, 썸을 타는 사람이 있다고 혼자서 연애한다는 착각에 빠지지 말자. 애매한 태도를 보이는 상대에게 확실히 자신의 주장을 펼치는 것은, 상대에게 자신의 매력을 어필하는 것이 된다. 그러니 너무 상대방의 마음 때문에 애끓어 하지 말고 당당하게 물어보라. 이런 관계에서 벗어나고 싶다면!

취직보다 연애가 더 어려워요

지금 연애를 안 하고 있다고 기죽을 필요도 없고, 스트레스 받을 필요도 없다. 준비되어 있는 사람에게 연애는 선물과도 같아서 뜻하지 않은 곳에서 사랑을 찾기도 한다.

Q 안녕하세요. 대기업 4년차 직장인입니다. 20대 대학 시절부터 지금까지 부모님에게 손 벌리기 싫어 온갖 아르바이트를 다 하며 용돈을 벌어 썼고, 어학공부도 밤낮없이 해서 대기업에 입사했습니다. 제 문제는 도통 연애를 모르겠다는 겁니다. 물론 제가 연애를 못 해본 건 아닙니다. 하지만 막상 연애를 시작하면 너무 빨리 끝납니다. 그렇다 보니 이렇다 할 연애 경력도 없습니다. 딱히 성격적 결함이 있는 것도 아닌 듯한데, 대체 뭐가 문제인지 모르겠습니다. 도와주세요.

A 저는 연애 또한 일종의 노동이라고 생각합니다. 길게 풀어헤친 머리를 감는 일, 내 일상을 시시콜콜 보고해야 하는 일, 예쁜 속옷을 골라서 입는 일, 외모에 더 신경 써야 하는

일, 남자친구 앞에서의 리액션, 조그만 문제로도 감정소모를 하는 일, 싸운 다음에 다시 화해하는 일, 혼자 하고 싶은 일도 같이 해야만 하는 일 등등. 연애는 달콤하지만 세상에 연애보다 더 머리 아픈 것이 있을까 싶어요. 게다가 '나 하나도 건사하기 힘든데, 남자친구까지 만나야 하다니!'라고 생각하는 사람들이 의외로 많습니다. 그러니 정말 부지런해야 가능한 일이죠.

데이트가 어디 행사 준비하는 것처럼 느껴지고, 들이는 노력에 비해 즐거움은 적고, 관계가 깨질지 항상 조마조마할 바에야 혼자가 더 낫다고 생각하는 사람들도 꽤 있습니다. 사실 연애를 안 할 때는 남들의 연애가 부럽게 느껴지고 마냥 행복한 것처럼 보이지요. 하지만 실제로 연애를 시작하면 초반에야 풋풋하고 행복하지만, 사실은 싸우는 게 절반이잖아요. 알콩달콩하는 시간보다 인내해야 하는 시간이 훨씬 많죠. 별것 아닌 일에 대한 감정 소모로 허송세월을 보내기도 하고요.

하지만 아무리 귀찮아도 진심으로 임해야 하는 것이 연애입니다. 그래서 연애가 어려운 거죠. 연애가 쉽다면 세상에 솔로는 없고, 결별로 아파하는 사람도 없겠죠? 그러니 지금 당장 연애를 안 하고 있다고 해서 기죽을 필요도 없고, 스트레스 받을 필요도 없습니다. 현재의 삶에 충실하다 보면 뜻하지 않은 행운이 찾아오는 것 또한 인생이니까요.

내 친구 R은 남자친구의 바람 때문에 골머리가 아팠다. 잠시 실수였다면서, 다시는 그러지 않겠다고 싹싹 비는 것만 벌써 세 번째. 하지만 연애를 해보면 알다시피 그놈의 정이 발목을 잡는다. 그래서 남자친구와의 결별을 쉽게 결심하지 못하고, 그렇다고 그를 믿어줄 수만도 없는 난감한 상황이 발생하게 된다.

　　잠시 실수로 다른 여자 품에 안겼다고 핑계 대는 남자라면, 작정했으면 아주 난리가 났겠다 싶다. 같은 여자 입장으로서 정말 자존심 상하는 일이다. 상상하기 싫은 상황들을 자꾸 만들어내는 R의 남자친구와, 그것을 알면서도 헤어지지 못하는 R. 이 두 사람은 분명 올바른 연애를 하고 있지 않다. 이 상태라면 언제든 배신의 피바람이 다시 불어오리라는 것을 부정할 수는 없을 것이다. 세 번의 바람을 피운 놈인데 네 번이 뭐가 어려울까. 이별을 택하든 끝내 만남을 놓지 못하든, 선택은 R에게 달려 있다. 이렇게 가슴에 스크래치를 남기는 것도 연애다.

　　또 다른 친구는 한 남자와 5년 동안 연애를 했지만, 세상 이치가 그렇듯 완벽하게 공평한 것은 없다고 내게 말했다. 맞는 말이다. 사랑도 어느 한쪽이 더 좋아할 수밖에 없고, 결국 둘 중 한 사람은 더 상처받기 마련이다.

사랑을 하다 보면 나이가 먹을수록 사람에 대한 기대를 안 하는 법도 터득하게 된다. 어떤 사람들은 연애를 쉽다고 말하지만, 또 다른 사람들은 연애가 제일 어렵다고 말한다. 사람의 인연은 언제 어떻게 될지 모른다. 언제나 준비되어 있는 사람에게 연애는 선물과도 같아서 간혹 뜻하지 않은 곳에서 사랑을 찾는 경우도 있다. 집에서 이리 뒹굴 저리 뒹굴 하다가도 어느 날 갑자기 짝을 만나게 되면 힘이 생겨서 힘들고 피곤한지 모르게 연애를 하게 된다. 귀찮다고 여겨졌던 것들을 순식간에 하게 되는 것이다. 전혀 귀찮지 않은 마음으로! 그러고 보면 사랑의 힘이란 정말 위대하다.

그렇다면 이 위대한 사랑은 어떻게 시작해야 할까?

일단 사랑을 시작할 때는 쓸데없는 자존심을 세우지 말자.

예전에 만난 남자친구 중에 특히나 자존심이 센 오빠가 있었다. "남자는 자존심!"이라고 말하면서 조그만 일에도 목숨을 걸었다. 세상에 그 누구도 절대 건드려서는 안 되는, 이것만은 절대 용납할 수 없는, 사랑하는 사람이라 할지라도 허용할 수 없는, 지극히 개인적이며 쓸데없이 주관적인 감정이 바로 자존심이다.

아무짝에도 쓸모없는 감정 소모품인 자존심 하나 지키겠다고 두 사람의 관계를 힘들고 피곤하게 해서야 되겠는가? 자존심이 두 사람 사이를 시궁창으로 몰지니, 부디 자존심을 버리고 진정으로 사랑하자. 여자 입장에서 자존심 센 남자 정말 피곤하다.

또 하나. 사랑하는 남녀들이여, 제발 상대를 구속하지 말자.

"이거 하지 말고 저거 하지 마. 저건 내가 싫어하는 거잖아. 그건 아니지! 당신, 나 사랑하는 거 맞아? 사랑하는데 어떻게 그럴 수 있어. 당신 실망이야!"

이런 모진 말을 내뱉으면서 상대를 억압하는 건 사랑이 아니다.

나 역시 상대를 미친 듯이 구속했던 시절이 있었다. 그때는 '사랑하니까, 우린 사랑하는 사이니까'라고 자기 합리화를 시켰지만, 내면에서는 '그가 혹시 날 버리지 않을까? 날 떠나진 않을까?' 불안했기 때문에 자꾸만 상대를 구속했던 것 같다. 내가 그에게 했던 행동 하나하나가 나를 떠나게 하는 치명적인 요인이었다. 나는 자존감도 낮고 당신에게 부족한 사람이라는 것을 행동으로 보이고 있었던 것이었다. 애석하게도 그 사랑이 떠나고 나서야 그것이 집착이었다는 것을 알게 되었다.

상대에게 집착하는 것은 조급함과 쓸데없는 생각들 때문이다. 그러니 불안에 휩싸일 때는 명상을 하거나 자신에게 시간을 투자하도록 하자. 그러면 조금 더 여유로운 마음가짐을 가질 수 있을 것이다.

연애는 결코 쉽지 않다. 단지 외로움에, 옛 애인에게 받은 상처를 치유하고자, 남들 다 하니까 같은 마음으로 쉽게 시작하는 연애는 결국 좋지 못한 결과를 가져온다. 물론 그렇다고 미련하게 사랑해서도 안 된다. 상대방이 언제 떠날지 모른다는 두려움에 모든 것을 양보하고 헌신하다가 버림받는 사람들도 수없이 봤다. 연인이라고 하더라도 모든 것을 다 주면 당신만 손해다. 상대가 원하는 것을 쉽게 주지 마라.

우리는 관계를 통해서 배우고 성장한다. 그 안에서 깨달음과 자기 성찰이 일어나기 때문이다. 사랑이란 일방적인 것이 아니라 내 맘 같지 않을 수밖에 없다. 그래서 연애는 때로 우리에게 상처를 주고 힘들게 한다. 그러나 그럼에도 불구하고 나는 사랑하라고, 연애하라고 외치고 싶다!

아무리 어려운 연애라도 지독한 노력과 하고자 하는 의지가 강하다면 못할 것도 없다. 잘되지 않는다고 푸념만 하기보다는 연애 또한 애쓰고 노력하는 모습이 이상적이지 않을까?

연애하고 싶지 않은 제가 비정상인가요?

사랑하는 일은 기쁨을 느끼는 동시에 상처를 받을 수 있는 일이다. 나에게 일어난 일이 마음대로 되지 않아 속상할지라도, 나의 행복을 위해 노력은 해야 한다.

Q 남자란 생물한테 상처도 많이 받았고 남자에 대한 환상이 다 깨져버려서 연애에 대한 감흥이 생기질 않아요. 저는 지금까지 사귀었던 남자친구와도 거의 다투지 않았어요. 연애를 몇 번 해보니까 남자와 여자가 다투는 주제들이라는 게 거의 정해져 있더라고요. 싸우는 패턴 또한 비슷하고요. 방법만 조금씩 다를 뿐 그 패턴에서 벗어난 남자를 만나본 적이 없어요. 저는 그 패턴의 반복에 다시금 휘말리고 싶지 않습니다.

부딪혀봐야지 상대방을 더 잘 알게 되겠지만, 저는 감정 소모적인 말싸움은 다시 겪고 싶지 않습니다. 남녀 간에 사랑은 정말 부질없다는 것도 잘 알고요. 남자들은 이런 제 마음을 알까요? 그렇다고 동성애자도 아닌데 여자랑 만날 수도 없잖아요. 더 이상 남자와 연애하고 싶지 않은 제가 비정상인가요?

A   당신은 지금까지 많은 남자들을 만났고 헤어졌겠죠. 상황은 달랐을지라도 매번 비슷한 패턴으로 헤어졌다고 하셨는데, 방법은 달랐겠지만 당신은 분명 매번 같은 이유로 헤어졌을 거예요. 당신을 떠난 남자들에겐 공통점이 있습니다. 바로 당신입니다. 그들의 입장에서 당신은 애인관계를 유지할 수 없는 연애 탈락자였던 것이죠. 그렇지 않았다면 이별은 없었을 거고, 오래도록 두 사람은 알콩달콩 연애를 하고 있었을 거예요.

그렇다면 상대는 잘못이 없느냐? 그건 아니에요. 다만 똑같은 패턴의 헤어짐이 반복된다면 당신만의 연애 스타일을 바꿔야 한다는 겁니다. 그 많은 남자들 중에 당신의 남자는 단 한 명도 없었다는 것을 명심하자고요.

자신만의 연애 스타일을 고수하는 친구들을 보면 "모르면 가만히 있어, 네가 뭘 알아?"라며 소치치고, 두 귀를 닫아버립니다. 눈이 두 개, 귀가 두 개, 입이 하나인 이유는 무엇일까요? 많이 보고, 듣고, 말은 아껴 하라는 의미입니다. 그러니 다른 사람들이 하는 조언을 잘 새겨듣는 것도 중요합니다. 물론 반드시 해야 할 말이 있을 때는 해야 하지요.

매번 반복되는 이별 앞에서 일반적으로는 자신에게 문제가 있다고 생각하기보다 상대나 상황 혹은 환경으로 그 책임을 묻습니다. 정작 본인은 문제를 되돌아보고 반성하지 않은 채로 말이죠. 그러니 매번 짧게 안타까운 연애를 반복하다가 종지부를 찍는 겁니다. 인정할 건 인정해야 합니다.

상대가 바뀌어도 매번 똑같은 사랑을 반복하고 있는 거라면 분명히 당신에게도 문제가 있는 것입니다. 부딪히면 피곤해지니까 단순히 그냥 넘어가는 일이 반복되었다면, 그건 둘의 사랑에 대한 예의가 아니었을 겁니다. 아닌 것을 '콕' 집어 말할 수 있는 용기, 부당한 사건에서 벗어날 수 있는 당당함은 당신을 지키는 일이니까요.

회피가 아닌 정면 돌파로 승부하는 일이야말로 당신이 개선해야 할 중요한 사항인 것 같습니다. 싸움의 요소를 '나는 모르쇠'로 일관한다면 그런 당신과 사귀는 상대는 얼마나 그 상황이 답답하겠어요? 연애하면서 가장 중요한 것이 소통인데, 그 기본 중의 기본이 안 되니 속이 터질 수밖에요. 당신을 행복하게 하는 것은 편안한 삶이 아닙니다. 싫어하는 일, 두려워하는 일을 용기 내서 감당하며 살아갈 때, 진정 자신이 원하는 것을 얻을 수 있다는 사실을 명심하셨으면 좋겠습니다.

나는 첫사랑과 정말 요란스럽게 연애를 했다. 매일 만나는 건 기본, 전화 5통은 보너스였다. 그러다 한순간 사랑이 떠나버렸다. 물거품이 되어버린 사랑에 대한 허무함과 슬픔은 말로 다할 수 없을 만큼 컸다. 뼈를 깎는 고통이 이보다 더할까 싶을 만큼 큰 고통이었다. 적어도 나에게는 말이다. 가슴은 너덜너덜해졌고, 먹성 좋았던 내가 곡기를 입에 대기 힘들었다.

　나는 이별의 후폭풍에 시달려야 했다. 내게 다음번 사랑은 없을 것만 같았다. 그 사람이 내 세상의 전부였기 때문에, 일상생활을 온전히 하기까지 너무나도 많은 시간을 힘들게 보내야 했다. 혼자가 되어버린 나는 혼자만의 시간을 가지면서 여러 자격증도 취득하고 몸매도 관리했다.

　그때의 나는 예전과 다른 나를 마주하고 싶었다. 완전히 바뀌고 싶은 마음뿐이었다. 그 모습을 본 친구들은 "네가 무섭다, 너무 변하면 죽는다던데 적당히 해라." 등의 말들로 위로했지만, 나는 또다시 그 힘든 이별과 실연을 반복하고 싶지 않았기 때문에 미친 듯이 자신과의 싸움을 시작했다.

　자꾸 사랑에 실패를 한다면 타인과의 사랑을 쌓는 연애 말고, 자기 자신과의 연애부터 시작하라고 조언하고 싶다. 돌이켜 생각해보면, 대부분의 우리는 연애중인 시간보다 혼자 보내는 시간이 더 많다. 남자친구가 있어야만 우리의 삶이 풍요로워지는 건 아니다.

남자에게 받은 상처로 심신이 지치고 남자를 믿지 못하는 당신이라면, 지금 그대에게 필요한 것은 자신에 대한 투자이다. 혼자서 공기 좋은 곳으로 가서 바람도 쐬고, 산으로 올라가서 소리도 질러보고, 몸매관리를 위해 헬스장에 등록도 해보자.

당신이 바뀐 연애를 할 수 있는 시점은 혼자서도 아무렇지 않게 무엇이든 해낼 수 있을 때이다. 지금처럼 마음이 힘든 상태로, 아무런 준비 없이 누군가를 받아들이고 다시 연애를 한다면 습관화되어 있던 반복 패턴, 그러니까 똑같은 연애에서 벗어날 수 없을 것이다.

내가 변하지 않고 그대로인데 남자친구가 바뀐다고 해서 달라진 연애를 할 수 있을까? 아니다. 결국 내가 변해야 남자친구도 바뀐다는 사실을 잊지 말자. 매번 똑같은 나에서 벗어난다면 업그레이드 된 사랑이 찾아올 것이다. 그러니 괴로워하지 않아도 된다. 이렇게 절망적인 상황은 어쩌면 당신이 진짜 원하는 삶을 위해 꼭 필요한 과정일 수 있다.

사람을 만나 사랑하는 일은 기쁨을 느끼는 동시에 상처를 받을 수 있는 일이다. 나에게 일어난 일이 마음대로 되지 않아 속상할지라도, 나의 행복을 위해 노력은 해야 하지 않겠는가?

'서준희' 같은 남자, 어디 없나요?

신은 우리를 구원해줄 수 있지만, 남자는 당신을 구원해줄 수 없다. 이 세상에 어떤 남자를 만나더라도 행복과 슬픔, 그리고 아픔이 존재한다.

Q 작가님, 제가 예전에 푹 빠졌던 드라마가 있습니다. 여자 주인공한테 너무 잘하고, 잘생기고, 여자 맘 잘 아는 것 같은 조련남 '서준희' 같은 남자, 어디 없나요?

A 저는 어렸을 때 상상력이 풍부하지 않았어요. 지극히 평범한 꼬마아이였죠. 반면 초등시절 유독 선생님에게 예쁨을 받고 칭찬을 받는 친구가 있었어요. 공부도 1등, 인기도 1등이었어요. 남녀불문하고 친구들도 많았죠. 요즘 엄마들이 죽고 못 사는 상상력, 창의력까지 풍부한 아이였어요. 백일장을 나가도 상을 받아오고 미술대회를 나가도 상을 받아오는, 어디 나가기만 하면 주목받는 아이였죠. 그때는 그 친구가 선망의 대상이었어요. 저에게는 없는 어떤 끼를 가지고 있었으니까요. 이

처럼 어렸을 때 칭찬받아 마땅하던 상상력을 남자에게 대입시키면 좀 곤란합니다. 연애에서 지나친 상상력은 독이 될 수 있기 때문입니다.

드라마 속 주인공 같은 완벽한 남자가 과연 현실에 존재할까요? 있으면 저도 좀 만나봅시다! 당신도 완벽하지 못한 인간이에요. 남자가 신이 아닌 이상 완벽할 수 없습니다. 하지만 여자들은 완벽한 남자, 소위 꿈에서 만날 수 있는 '백마 탄 왕자'를 만나기 원합니다. 오로지 나만을 사랑하는 것이 기본 중에 기본이요, '바람'이란 단어부터 질색해 다른 여자는 쳐다보지도 않고, 모든 것의 1순위가 당신인 남자… 언제나 내 곁에서 떠날지 모르고, 내가 원하는 것은 말하지 않아도 알고, 싸우면 항상 먼저 손 내밀며 사과해주고, 나만 예뻐해주는 남자… 뭐 이런 남자요?

그런데 어쩌죠? 그런 남자를 찾기보다는 실존하는 현실 속 남자를 만나 사랑 때문에 슬퍼도 보고, 아파도 보고, 실망도 해보고, 기뻐도 해봐야 진짜 당신의 짝을 만날 수 있답니다.

제가 염려스러운 건, 당신이 남자로 인생을 바꿔보려고 생각하시는 것 같기 때문이에요. 신은 우리를 구원해줄 수 있지만, 남자는 당신을 구원해줄 수 없습니다. 이 세상에 어떤 남자를 만나더라도 행복과 슬픔, 그리고 아픔이 존재한다는 걸 알아두셨으면 해요.

유독 여자들은 누군가와 연애하기에 앞서 드라마 속 남자 주인공 같은 남자를 만나고 싶어 하는 경향이 있다. 물론 이해 못 하는 게 아니다. 멋지고 잘생기고, 여자 맘을 잘 이해해주고, 나만 바라보고…. 이 얼마나 로맨틱한 일인가?

내 친구 B는 현실 속 남자와 드라마 속 남자를 구분 짓지 못하고 아직까지 드라마 속 판타지에 빠져 있다. 어쩌다 그녀에게 "드라마 주인공을 좋아하는 건 당연한 일일지라도, 연애는 살결을 맞댈 수 있는 사람과 해야 하지 않겠어?"라고 말하면 "백마 탄 남자 없냐?"라는 허무맹랑한 말만 돌아온다. 그렇다고 해서 그녀가 현실 속 남자를 만나보지 않은 건 아니다. 만날수록 실망만 되풀이되니 드라마 속 남자 주인공에게 집착하고 의존하는 것이다.

하지만 연애는 혼자 하지 못한다. 다른 누군가가 있어야만 할 수 있는 일이다. 현실의 연애는 상상만으로 할 수 있는 것이 아니다. 상상 속 연애로 본인 스스로를 얼마나 힘들게 하는지 생각해 보아야 한다. 본인의 상상과 현실의 괴리감을 느꼈을 때 충격은 말로 표현하기 어렵다. 자신의 상태를 직시하지 못하고 오로지 환상만 쫓다가 '연애 시장'에서 낙동강 오리알이 되기 전에 일말의 노력이라도 기울여보자.

　현실 속 남자에게 눈을 돌리도록 노력하자. "이 남자는 이래서 안 되고, 저 남자는 저래서 안 돼!"라며 트집만 잡지 말고, 일단 '투덜이'에서 벗어나 가벼운 데이트를 해보자. 남자가 당신에게 데이트 신청을 했을 때, 그는 당신의 열성 팬과 같은 존재라고 생각하면 된다. 당신을 다른 여성보다 훨씬 매력적이라고 느끼고 소중하게 생각하는 남자이기 때문에 한번 만나보라는 것이다.

　여기서 중요한 것은, 당신은 관심이 없는데 억지로 나가라는 것이 아니다. 어떠한 끌림도 없는데 오로지 상대를 배려하는 마음으로 데이트를 하라는 것이 아니다. 다만 '나도 매력적인 여자가 될 수 있어!'를 연습하라는 의미이다. 이런 데이트가 지속될수록 자신감도 생기고, 그 매력 발산을 통해 상대를 내 남자로 만들 수 있는 것이다.

　연애를 할 수 있는 기회가 왔을 때 굳이 밀어내지 않고 둘이 함께 시간을 보내본다면, 그 안에서 분명히 나 자신도 알지 못했던 나를 깨달을 수 있다. 그러다 보면 새로운 방향으로 성장이 이루어질 수도 있는 것이다. 물론 혼자 여행을 다니거나 친구들과 어울려 놀아도 좋고, 책을 보는 것도 너무 좋다. 하지만 둘이 있을 때만 비로소 알게 되는 자신의 어떤 부분이나 영역이 분명히 있을 것이다. 그러니 드라마 속 남자를 상상하며 귀한 시간을 보내지 말고, 당신과 대화를 나눌 수 있고 감정을 교류할 수 있는 사람과 만나자.

그녀에게 끌리는데 거절당할까 두려워요

지금 사랑하고 싶은 상대가 있으면, 진심으로 표현하라. 그 기회는 두 번 다시 안 올 수도 있다. 미루고 미루었던 고백을 결심한 순간, 상대방이 이미 떠나버린 후라면 너무 억울하지 않은가?

Q 안녕하세요. 저는 스물여섯의 건강한 학생입니다. 군대를 가기 전에 짝사랑하던 여자애가 있었어요. 그 친구가 너무 좋은데 막상 고백하려니까 자신이 없고 괜히 주눅 들고 별의별 생각이 다 들더라고요. 그래도 군대 다녀오면 좀 나아지겠지 싶었습니다. 아니, 정말 나아지길 빌었습니다.

그런데 사람의 본성이 어디 안 가나 봅니다. 군대에서 그렇게 힘들게 생활해봤으면 여자한테 고백할 줄도 알아야 할 텐데, 막상 이성 앞에만 가면 용기가 없어집니다. 지금도 좋아하는 친구가 있는데, 막상 고백하면 거절당할까 봐 두렵습니다. 어떻게 해야 좋을까요?

A   예전에 제가 교회를 잠깐 다닌 적이 있었습니다. 그때 교회 오빠들이 제게 관심이 많았죠. 왜 그랬을까요? 새로운 사람이었거든요. 예전에 이런 말을 들은 적이 있습니다.

"남자는 예쁘고 귀엽고 착한 여자를 좋아해. 그중에서도 새로운 여자가 예쁘고 귀엽고 착하면 그게 제일이지."

그래요, 저는 그리 예쁘진 않지만 새로운 여자였으니 신선했겠죠. 그래서 데이트 신청도 많이 받았고, 오빠들이 사주는 맛있는 음식도 먹으러 다니고, 고백도 받았습니다. 그런데 유독 저 멀리에서 저를 지켜보는 C오빠가 있었죠. 그때만 해도 저는 그가 저를 좋아하는지도 몰랐습니다. 그 오빠 주변 사람들이 눈치를 줘서 알았죠. 다른 오빠들처럼 데이트 신청을 하는 것도 아니고, 그렇다고 제게 관심이 있다는 표현도 하지 않았죠. 전혀 티도 안 내고 고백을 안 하는데 알 수 없는 노릇 아니겠습니까?

그 모습을 보고 한 친구가 답답했던지 조언을 해준 모양이더라고요. 그 뒤로 C오빠가 "내가 영훈이랑 너희 집 근처 찜닭 집 가는데 시간되면 나올래?"라고 하더라고요. 제가 눈치를 챘을까요? 아니요, 전혀 몰랐습니다. 단둘의 데이트도 아니고, 마치 "다른 친구랑 밥 먹는데 시간 되면 너 나와라."였으니까 그냥 그런가 보다 했었죠.

이런 식의 데이트는 상대가 나를 좋아하는지 알 길이 없습니다. 직접적으로 데이트 신청을 한 것도 아니고, 단둘이 데이트를 하지 않았으니까요. 그렇게 몇 번 다른 사람과 함께 밥을 먹었어요. 그러다 저는 저에게 적극적으로 대시했던 다른 남자와 사귀게 되었습니다. 그렇게 시간이 흐르니 C오빠도 자연스럽게 저와 대화를 하더군요. 사적인 감정 없이요.

몇 년 뒤 C오빠가 좋아하는 사람이 생겼다면서 제게 고민거리를 말하더라고요. 그래서 그녀에게 용기 내서 고백하라고 했죠. 그런데도 그는 예전에 저에게 했던 방식을 고수하면서 그녀 주변만 어슬렁거릴 뿐 고백을 못하더라고요.

얼마나 답답합니까? 제가 간간이 어떻게 됐냐고 물어보면, 그녀가 좋아하는 커피머신을 선물로 줬다, 인형을 선물로 사줬다는 말만 할 뿐, 그녀에게 자신의 진심 어린 마음을 표현하지 않았습니다.

예상이 되셨겠지만, 그는 아직까지 독수공방 솔로생활을 벗어나지 못했습니다. 이러다가 장가는커녕, 여자 손도 못 잡아보고 세월 다 보내는 건 아닌지 서글퍼지더라고요. 제가 아무리 말해봐야 뭐하겠습니까? 그때뿐인 걸요. 그녀와 사귀든 사귀지 못하든 일단 고백을 해봐야 사랑에 발전이 있을 터인데, 시도조차 하지 않으니 답답하기 짝이 없었습니다.

C오빠처럼 너무 속만 끙끙 앓지 마시고, 용기를 내어 속 시원하게 고백해보세요.

"나 사실 여자한테 고백하는 거 처음이야, 누군가에게 표현하는 것이 어설프고 어려워서 못했었어. 그런데 너한테는 꼭 전하고 싶어서 이렇게 용기를 내본 거야. 우리 한 번 만나봤으면 좋겠어. 내가 좀 소심한데, 너로 인해 많이 바뀌고 있나 봐. 내 말 들어줘서 너무 고마워."

이런 식으로 표현해보세요.

당신의 진정성 있는 말에 '심쿵' 하는 것도 여자랍니다. 용기 있는 그 모습에 감동을 받는 것이 여자니, 당신의 사랑을 표현해보는 건 어떨까요?

남자가 여자에게 고백하기 위해서는 무엇보다 자신감이 중요하다. 당신도 집에서는 소중한 아들, 딸이다. 밖에서는 둘도 없는 친구, 직장에서는 없어서는 안 되는 소중한 인재인 당신! 왜 그녀 앞에서는 스스로 하찮은 사람이 되길 자초하는가?

"자신감은 어떻게 해야 생기는 거죠?"라고 묻는다면 "자신의 장점을 부각시켜보세요."라고 조언하고 싶다.

아무리 못난 사람이라도 장점은 있기 마련이다. 그 점을 부각시키면 된다. 이는 자존감과도 결부된다. 당신이 담배를 피우지 않는다면 그것을 어필함으로서 '나는 절제력이 있는 남자', '건강을 중요시하는 남자'라고 어필해도 좋겠고, 술을 잘 마신다면 "함께 술을 마시더라도 너 하나는 내가 지킬 수 있으니까 걱정하지 마!"라고 장담할 수 있는 것도 자신감이다. 팁을 주자면 여자는 이런 남자를 좋아한다. 어떤 상황에서도 나를 지켜줄 수 있는 남자 말이다.

또 유머 감각이 있다면 자신 있게 그녀를 웃게 해줄 수도 있을 테고, 자상한 편이라면 그 부분을 여자에게 어필하면 큰 효과를 본다. 그러니 자신의 장점을 찾는 노력을 게을리 하지 말자. 독특하고 특별한 것이 아니라도 좋다. 자신만이 가지고 있는 어떤 매력을 본인 스스로 부지런하게 갈고 닦아서 상대에게 보여주는 것이다.

준비가 되었다면 너무 두려워 말고 그녀에게 다가가자. 당신의 적극적인 행동이 핑크빛 연애의 시발점이 될 것이다.

지금 사랑하고 싶은 상대가 있으면 이것저것 따지지 말고, 일단 내 마음을 담아 진심으로 표현하라. 당신이 생각했던 그 기회는 두 번 다시 안 올 수도 있다. 미루고 미루었던 고백을 결심한 순간, 상대방이 이미 떠나버린 후라면 너무 억울하지 않은가!

이 순간 누군가를 사랑한다면 죽을 만큼 사랑해보자. 해보지 못한 후회로 슬픔을 배가시키는 것보다, 원 없이 해보고 "이까짓 사랑!" 이러면서 소리치는 게 훨씬 낫지 않을까? 사랑 코드가 맞지 않아서 헤어질 수도 있지만, 그래도 뭐 어떠랴? 사랑하고 싶은 사람과 마음껏 사랑해보았다면 그것으로 충분하지 않는가?

고백을 했는데 감감무소식입니다

어떤 일이든 '조급함'은 지나친 독으로 작용하기 마련이다. 그것은 부정적인 생각들이 함께 동반되기 쉽기 때문이다. 고백은 가랑비 옷 젖는 줄 모르게 슬며시 스며들게 해야 한다.

Q 안녕하세요. 그녀를 만난 건 재수학원에서였습니다. 둘 다 원하는 대학을 꿈꾸며 열심히 공부했습니다. 수능을 치고 나니까 안도도 되고, 이제 그녀에게 고백하고 싶어졌습니다. 그 무렵 제 마음이 더욱 커져서 더 이상 숨길 수 없을 것 같았거든요. 제 고백을 받고 답을 준다고 한 그녀에게 아직까지 답이 없습니다. 어떻게 해야 할까요?

A 좋아하는 사람에게 고백을 하셨군요. 처음에 고백하기가 정말 힘든데, 그 용기에 먼저 박수를 보냅니다. 대부분의 여자들이 용기 있는 남자에게 관심을 보이지요. 그런 남자들은 어디서나 인기가 많습니다. 하지만 지금은 무작정 그녀의 연락을 기다리기가 힘들겠지요. 어떠한 결과를 기다리는 것만큼 마

음 쓰이는 것도 없으니까요. 기다림은 사람을 애타게 합니다.

당신의 고백에 대해 그녀가 처음 무슨 말을 했는지 알려주지 않았지만, 그녀의 입에서 "생각해볼게"라는 말이 나왔다면, 그녀에게 그 고백은 너무 급작스러웠다는 뜻일 수도 있습니다. 보통 이상적인 인연은 만남 뒤에 호감이 생기고, 다시 만나 이어집니다. 그렇게 서로를 알아가지요. 그 뒤에 서로 호감이 생기면 어느 쪽이든 고백을 하기 마련입니다. 물론 이때 고백은 대부분 남자들이 먼저 하지요. 그렇게 핑크빛 연애를 시작합니다. 물론 모두가 이런 순서로 진행되지는 않겠지만요.

당신은 감정이 앞서 그녀에게 고백했을지 모르지만, 여자 입장에서는 잘 모르는 남자에게 고백을 받아 기분은 좋을지라도 조금 성급하다고 느꼈을 수 있어요.

저도 연애를 하기에 앞서 호감이 있는 상태로 일단 만났었죠. 제 첫사랑 B와는 피자집 아르바이트를 하면서 만났습니다. 그 당시 제가 한창 요리 자격증을 취득하러 다니고 있을 때였는데, 그걸 잘 알았던 B가 한식 자격증 필기시험을 치고 나오는 저에게 "시험 잘 봤어?"라고 문자가 오는 겁니다. 처음 문자가 왔을 때는 그냥 그러려니 했죠. 하지만 그 다음날도, 또 다음날도 계속 오더라고요. 별일 없는데도 밥은 먹었느냐, 아르바이트는 언제 가느냐 등 사소한 일상을 물어봤어요.

　그때 저는 직감으로 알았던 것 같아요. '아, 이 오빠 나한테 관심 있구나.' 그렇게 문자를 주고받다가 하루는 아르바이트 같이 가자고 전화가 왔습니다. 자기 집 근처 빵집에서 빵도 사 가자고 하더군요. 저도 호감을 가지고 있었기 때문에 흔쾌히 수락했죠. 그러고 나니 더 적극적으로 어필을 하더라고요. 근처 도서관에서 책 빌려야 하는데 같이 가서 책도 빌리고 밥도 먹자고요. 그렇게 의도치 않은 데이트를 하다가 저도 호감이 생겨버린 거죠. 또 다른 남자친구와 연애를 시작할 때도 마찬가지였습니다.

　데이트 신청을 하면 수락하고 맛있는 음식도 먹고, 영화도 보면서 이야기를 나누지요. 적극적으로 나와 잘해보고 싶은 뉘앙스를 풍기면 그걸 거절하지 않고 받아주고, 저 역시 표현했습니다. 그렇게 하면 남자 쪽에서 어느 정도 자신감을 가지더라고요. 물론 저도 관심이 있고 잘해보고 싶은 마음이 있었으니까 그랬겠죠? 실제로 사귀고 나서 제가 물어본 적이 있었습니다. 어떻게 이렇게 빨리 고백했냐고요. 그랬더니 하는 말이 "너도 날 싫어하지 않는 것 같았거든. 그래서 용기 내서 고백할 수 있었어."라고 하더군요.

만약 계속 답이 없다면, 그녀에게 생각해봤냐고 물어보는 것도 좋을 것 같아요. 이렇게 당신의 마음을 다시 표현하면 그녀는 당신을 달리 볼 수도 있어요. 포기하지 않는 적극적인 모습에서 마음을 열 수도 있는 것이 여자랍니다. 만약 이번에도 시간이 필요하다는 말을 한다면, 그 의사를 바로 받아들이는 것보다 "우리가 몇 번 보지 않아서 서로에 대해 아는 것이 없으니 부담 갖지 말고 만나봤으면 좋겠어."라고 말하는 것이 좋습니다.

지금부터 당신이 해야 할 일은 바로 그녀와의 '추억 쌓기'입니다. 두근두근 설레는 고백의 성공률을 높이기 위해서는 당신이 얼마나 멋진 사람인지, 그녀를 얼마나 생각하는지, 앞으로 얼마나 행복한 연애를 이어갈 수 있는지를 어필하고, 둘만의 추억을 쌓는 것입니다. 하나 둘, 둘만의 추억이 쌓이고 난 후의 고백은 훨씬 더 안정적이고 설레는 연애를 이어가게 하는 디딤돌 역할을 해줄 것입니다.

어떤 일이든 '조급함'은 지나친 독으로 작용하기 마련입니다. 조급함은 이상하고 부정적인 생각들을 함께 동반하기 쉽기 때문이죠. 그러니 가랑비 옷 젖는 줄 모르게 슬며시 스며들어보세요.

4장

하고 싶다, 연애

유부남과 사귀고 있습니다

결혼한 남자의 비밀스런 연애는 당신뿐만 아니라
가족들에게도 상처를 남긴다. 당신을 사랑하고 있
노라고 가족들에게 당당하게 말할 수 있고, 당신만
을 위해 노력하는 남자를 만나라.

Q 우리는 1년째 사랑을 이어오고 있습니다. 교제하기 3개월
　전부터 그 사람은 절 좋아했다고 하네요. 저는 당시 이별
의 아픔을 겪고 있었는데, 그가 제게 너무나 큰 힘이 되어주었
습니다. 그는 제게 예전 사람에 대한 맘을 훌훌 털어버리라고
했습니다. 그에게 제 마음속에 있는 이야기를 하나씩 할 때마
다 예전 사람에 대한 아픔은 잊힐 수 있는 추억이 되더라고요.
우리는 그만큼 많은 이야기를 나누었습니다. 그렇게 우린 운명
처럼 사랑에 빠졌습니다.

　하지만 그는 유부남입니다. 가족들은 먼 지방에 살고 있고요.
가질 수 없는 것이 더 애틋하다고 하죠? 그래서인지 더 집착하
게 되고 매달리게 되더군요. 그는 제게 현재 열 살인 아이가 성
인이 되면 결혼하자고 합니다. 사랑하는 사람과 떳떳할 수 없

다는 사실이 제게는 더할 나위 없는 아픔이지만, 그를 정말 사랑합니다. 어떻게 하면 좋을까요?

A 안타깝게도 지금 당신의 사랑은 자유롭지 못하네요. 사랑이 자유로울 수 없을 땐 진품 사랑이 아닙니다. 사실 당신이 현실로 받아들이기 힘든 '이루어질 수 없는 사랑'은 늘 조심스러운 주제이기도 합니다. 당신에게는 절절하고 애달픈 사랑일지라도 상대방이 당신을 온전히 사랑할 수 없다면? 그렇다면이 사랑은 당신에게 확실한 감정 소모가 될 겁니다.

물론 그 감정은 뜨겁고, 지금까지 단 한 번도 느껴보지 못했던 것일지도 모르죠. 원래 가질 수 없는 사랑이 더 절절하니까요. 하지만 지금처럼 상대가 당신만 생각할 수 없다면 그건 진짜가 아닙니다. 리얼 사랑이 아닙니다.

제가 당신에게 유부남과 결혼하면 왜 안 되는지 미주알고주알 설명해야 할까요? 그런 말들이 당신에게 도움이 된다면 기꺼이 하겠어요. 그는 결혼을 했습니다. 그 후 당신과 바람이 났고요. 그게 어떻게 떳떳한 사랑이 될 수 있겠어요?

일단 그는 결혼생활에 충실하지 않았어요. 아내 몰래 딴짓을 하고 있으니까요. 마지막으로, 이 대목이 가장 중요한데, 그는 당신에 대한 배려가 전혀 없습니다. 왜냐고요? 두 사람의 관계에서 당신에게 남는 건 결국 상처뿐이란 걸 누구보다 잘 알지만 대처를 하지 않으니까요.

그의 말이 아무리 사탕처럼 달콤할지라도 당신은 그의 품에서 벗어날 준비를 해야 합니다. 그가 정말 당신을 사랑하고 배려했다면, 그는 벌써 아내와 이혼하고 당신 품으로 갔을 겁니다. 열 살의 아이가 성인이 될 때까지 참지 못하겠지요. 당신이 좋은데 그렇게 오래 기다릴 수 없는 노릇 아니겠습니까? 그는 이혼할 생각이 없어 보입니다. 그러니 저기 밖에서 당신과 어떠한 제약 없이 사랑할 남자를 찾도록 하세요.

보통 사람들은 적절하지 못한 관계 속에서 사랑에 빠지게 되면 자기 합리화를 시킨다. 특히 여성들은 자기 합리화의 여왕이 되기 시작한다. 그러나 둘만을 위한 사랑으로 다른 사람을 불행하게 만든다면? 그건 축복받을 만한 사랑이 아니다. 우리는 누구나 애틋하고 진정한 사랑을 누릴 자격이 있다.

이 세상에 남자는 지천에 깔렸다. 당신을 사랑하고 있다고 온 세상에 큰 소리로 외칠 수 있는 남자를 만나야 한다. 때로 우리는 사랑 때문에 상처받기도 하고, 그 상처로 인하여 일상생활에 지장을 받기도 한다. 평생 배필이라 생각해 결혼했지만 진정한 인연이 아닌 경우도 있고, 또 콩깍지가 씌어 순간의 판단이 흐려지기도 한다. 당신이 잘못된 방향으로 가고 있다고 판단된다면, 당장이라도 정리하는 시간을 가져보자.

불륜관계에 있다면, 당신의 확고한 입장을 밝혀야 한다. 그 이후에 남자가 아내를 정리하고 당신에게 온다면 그는 당신을 진정으로 사랑하는 것이 되고, 아내를 택한다면 당신은 그저 바람의 상대에 불과할 뿐이었다는 것을 인정해야 할 것이다.

우리는 누군가를 사랑하고 사랑받고 싶어 하는 존재이다. 인내와 기다림의 끝에 마침내 그 사랑을 찾았는데, 그에게는 이미 아내가 존재한다. 이것은 정말 중요한 대목이다. 그는 이미 결혼한 사람이니까. 그래, 나는 당신이 특별한 사랑을 할 자격이 있다는 것쯤은 충분히 안다. 당신은 소중한 존재니까. 그렇다고 해도 그가 유부남이란 사실은 변하지 않는다.

결혼한 남자의 비밀스런 연애는 당신뿐만 아니라 가족들에게도 상처를 남겨줄 뿐이다. '내가 참고 기다리기만 하면 우리의 사랑은 이루어질 거야'라고 생각하는 관계는 핑크빛 관계가 아니다. 당신을 사랑하고 있노라고 가족들에게 당당하게 말할 수 있고, 당신만을 위해 노력하는 남자를 만나야 한다. 진짜 당신을 놓치고 싶지 않은 남자라면, 당신을 안심시키기 위해서라도 지금 그가 처한 힘든 상황을 당신에게 정확하게 알릴 것이다.

무엇이 그토록 힘들까? '남이 하면 불륜 내가 하면 로맨스'라는 말처럼, 지나가는 사람의 이야기가 아닌 내가 겪는 일이기 때문이다. 불륜은 절대로 로맨스가 될 수 없다. 그 상황에 있는 남녀는 서로 원할 때 연락할 수 없으며, 언제나 긴장의 끈을 놓을 수 없다. 그런 시간들이 길어질수록 여자는 불안하고 지치게 된다. 하지만 끝내 포기하지는 않는다. 참고 견디면 모든 것이 다 잘될 거라는 기대감에 부풀어 있기 때문이다. 그런데 어쩌나, 사랑하는 관계에서 무작정 참고 견디는 것은 진짜 사랑이 아닌걸. 사랑이라고 느껴질지라도, 그건 범죄 그 이상도 이하도 아니다.

당신을 사랑한다고 말하는 그가, 당신에게 했던 것과 똑같이 또 다른 누군가를 만난다면? 왜 그렇게 생각하느냐고 묻지 말자. 그는 한 번 해봤으니까 또 그럴 수 있다. 죄책감 또한 처음보다 덜할 것이다. 그런 그를 당신은 감당할 수 있을까? 그와의 행복했던 시간들을 곱씹으며 "아니야, 내가 잘못 안 거야, 그가 그럴 리 없어, 우리의 사랑은 영원할 거야!"라며 울며불며 소리칠 것인가?

사랑 앞에서 단정할 수 있는 것은 아무것도 없다. 한치 앞도 모르는 게 인생이다. 그런 비참한 순간을 맞이하고 싶지 않다면, 지금 현실을 있는 그대로 직시하자. 결혼한 남자와의 사랑은 주변의 사람들과의 관계마저도 위태롭게 만들 수 있다.

　난 결혼한 남자와 사귄 적은 없다. 하지만 날 두고 바람피운 남자, 바람처럼 사라진 남자, 다혈질인 남자 등 힘든 사랑을 지속해왔다. 내가 사랑하는 남자를 당장 내 것으로 가질 수 없다는 것을 인지하는 순간, 이 연애는 뭔가 특별해진다. 마치 드라마 속 주인공이 된 것처럼 말이다. 나 하나 희생한다면 우리의 사랑이 이루어질 거라고, 우리의 사랑은 그럴 만한 가치가 있다고 스스로 합리화시켜버린다.

　오 마이 갓! 그를 향한 마음이 너무 커져버려서 그 어떤 훌륭한 조언이나 당신을 걱정하는 친구들, 부모님의 말에도 요지부동이다. 하지만 결국 당신은 그런 관계에 있는 자신이 미치도록 싫어질 것이다. 바로 내가 그랬다. 다행인 것은, 내가 그 관계 속에서 나를 사랑하는 방법을 배웠다는 점이다. 어긋나기만 했던 사랑들이 결국 나를 살렸다. 그러니 당신도 어서 빨리 본연의 모습으로 돌아가길 바란다.

오빠의 집안이 너무 가난해요

측은지심과 애정을 구분하여 스스로 지옥문에 들어
가지는 말자. 연애에는 생활이 포함되어 있지 않지
만 결혼은 엄연한 현실이며, 현실은 생각보다 훨씬
가혹하다.

Q 충북에 사는 평범녀입니다. 저에게는 결혼을 약속한 남자
친구가 있습니다. 여느 커플과 다름없이 3년째 서로를 아
껴주며 사랑하고 있습니다. 생각도 바르고 착한 남자친구입니
다. 다만 남자친구의 집안이 너무 가난하다는 점이 문제입니다.
연애 초반에 한 번씩 집안이 어렵다고 말했지만 이 정도일 거
라곤 생각하지 못했습니다.

  남자친구는 부모님과 동생 한 명이 함께 살고 있는데, 부모님
은 연세가 많으시고 동생도 취준생이라 경제적인 부분은 전부
남자친구가 책임지고 있는 상황입니다. 부모님이 사업을 하다
가 잘 안 돼서 빚이 많다고 합니다. 사실 두 분은 신용불량자라
서 본인 명의로는 아무것도 못하십니다. 그렇다고 남자친구가
돈을 많이 버는 직업도 아닙니다. 남자친구는 바리스타이며, 저
는 대기업에 재직하고 있습니다.

우리 집은 당장이라도 저 시집보낼 정도는 되는데, 남사친구 집은 남자친구에게 손 안 벌리면 다행이라고 하더군요. 남자친구는 정말 좋은데, 이렇게 돈 문제 얘기가 나오면 골치가 아픕니다. 남자친구의 부모님이 저희에게 경제적으로 자꾸 기대려고 하니까 정말 힘드네요.

제 부모님은 아직 남자친구 집안이 이렇게 가난하다고 생각도 못하고 계십니다. 그래서 남자친구와의 이별도 생각해봤는데, 그럴 때마다 '내가 뭐하는 짓인가' 싶은 죄책감에 미안해서 만남을 지속하고 있습니다. 사랑하는 연인 사이를 끝내는 것이 너무 어렵습니다. 어떻게 해야 할까요? 진심 어린 조언 부탁드리겠습니다.

A 제 첫사랑 이야기가 빠질 수 없겠군요. 정말 뜨겁게 사랑한 남자친구 B가 있었습니다. 스물하나와 스물셋의 나이였으니 어리기도 했고, 저에게는 처음 찾아온 사랑이었기에 그 사랑을 도무지 조절할 수가 없었습니다. 뭐가 뭔지도 모른 채 마냥 열렬히 사랑했지요. 당시 제가 친구들에게 가장 많이 들었던 말이 "너 콩깍지 제대로 씌었구나."였습니다. 그러나 저는 아랑곳하지 않았지요. 마냥 그 오빠가 좋았거든요.

그런데 남자친구 집안이 좀 가난했습니다. 부모님 두 분이서 일을 하셨지만 수입이 많지는 않은 듯했고, 누나 둘은 직장생활, 오빠는 학생이었죠. 데이트를 하다 오빠 집에 놀러간 적이 있었는데 내심 좀 놀랐습니다. 다섯 명이 방 2칸의 집에서 생활하고 있는 거예요. 그래도 오빠를 사랑했기에 대수롭지 않게 여겼습니다. 그때는 제가 뭘 알겠습니까? 그냥 마냥 사랑했던 사람이었으니까요. 남자도 그렇겠지만, 여자들은 보통 남자친구와 사귀면 결혼을 상상합니다.

저는 오빠와 다르게 엄마에게 시시콜콜 얘기를 했습니다. 그럴 때마다 엄마는 남자친구와의 연애를 반대했었죠. "지금은 B가 좋아서 잘 모르겠지만, 결혼은 현실이고, 엄마는 네가 잘사는 모습을 보고 싶다."고 하셨죠. 그럴 때마다 저는 엄마를 이해하지 못했어요. 아니, 이해할 수 없었어요. 도리어 내 사랑을 인정해주지 않는 엄마를 미워했습니다. 그래서 남자친구 이야기가 나올 때마다 싸웠습니다.

저는 이 모든 고난과 역경을 우리의 사랑으로 다 이겨낼 수 있다고 굳게 믿고 있었죠. 그래요, 만약 우리의 사랑이 계속 이어졌더라면 저는 어떻게라도 힘든 순간들을 이겨내려고 했을 거예요. 정말 사랑의 힘만으로 말이죠. 사랑의 힘은 정말 위대하잖아요? 물론 오빠가 저를 포기했을 수도 있었겠죠.

하지만 운명이었을까요? 어이없게도 내가 다단계에 빠지게 되면서 오빠에게 다른 여자가 생겼고, 그렇게 우리의 사랑은 종지부를 찍게 되었습니다. 인연이 아니었던 거죠. 우리가 인연이 아니었다는 걸 인정해야 하는 순간이 오더라고요. 사계절을 만나며 키워온 사랑이었지만, 결별은 순식간이었습니다. 정말이지 사랑의 결말은 아무도 모르는 거더라고요. 허무하기 짝이 없었습니다. 그렇게 빨리 다른 사람을 만날 줄이야 정말 꿈에도 생각지 못했습니다. 전 다시 만날 생각을 하고 있었거든요. 그래서 한동안 멍했습니다.

솔직히 말하면 B는 끼가 다분했습니다. 저한테 대시할 때도 다른 여자친구가 있었으니까요. 그때 알아봤어야 했는데! 맙소사! 어쨌든!

제가 당신에게 말씀드리고 싶은 건, 있는 그대로 부모님에게 얘기해보라는 겁니다. 금이야 옥이야 정성스레 키운 자식의 이야기를 듣고, 누구보다 진심 어린 조언을 해줄 것입니다. 하지만 분명 당신은 사랑하는 부모님께 말할 수 없었던 이유가 있었을 겁니다. 당신은 사랑 앞에서 상황 판단이 흐려졌을 뿐 바보는 아니니까요. 3년 동안 사랑을 지켜오면서 이건 아니다 싶었을 겁니다. 결혼을 하면 지금 하는 고민을 백배천배는 하게 됩니다. 그걸 어떻게 감당하시겠어요? 연애한다고 해서 다 결혼하지는 않습니다. 젊은 남녀가 만나다가 서로 안 맞으면 헤어질 수도 있는 거지요.

당신은 "사람은 정말 좋은데"라고 말했지만 사람만 좋은 겁니다. 지금 당신의 여동생이 똑같은 고민을 가지고 당신에게 상담해 온다면, "이 모든 걸 감내하고라도 너의 사랑을 지켜내!"라고 말할 수 있나요?

옛말에 '가난이 대문으로 들어오면 사랑이 창문으로 나간다'는 말이 있습니다. 굳이 돈이 많을 필요는 없더라도 너무 궁핍하다 보면 사랑만으로는 해결하기 힘든 것이 너무 많아요. 사회가 팍팍한 만큼 경제적인 문제로 많은 부부에게 문제가 생기고 뉴스거리가 되는 것만 봐도 잘 알 수 있는 대목이지요. 앞으로 당신이 짊어질 짐이 너무 커 보입니다.

부모님은 당신이 진정으로 행복한 모습이길 원하실 겁니다. 현재의 상황을 듣는다면 아마도 부모님은 많이 가슴 아파하시겠지요. 물론 지금 가난하다고 해서 앞으로도 계속 그럴 거라는 말이 아닙니다. 여타 돈 문제로 당신의 근심이 더 커질 수 있다는 것을 말씀드리는 겁니다.

상담 글에서 죄책감이 든다고 하셨는데, 부디 측은지심과 애정을 구분하시기 바랍니다. 스스로 지옥문에 들어가지는 맙시다. 결혼은 현실입니다. 연애에는 생활이 포함되어 있지 않지만, 결혼이라는 단어 뒤에는 생활이라는 말이 들어갑니다. 평생을 같이 살아야 한다는 것을 의미하지요. 한 가정의 울타리 안에서, 법적 공동체 안에서 모든 것을 공유하고 살아야 합니다.

판단을 내리기가 힘들다면 이 모든 것을 극복할 만큼 사랑하는지, 다 이겨낼 수 있는지 스스로 생각해보시길 바랍니다. 이 문제로 큰 트러블이 일어나더라도 대수롭지 않게 잘 이겨낼 수 있다고 판단된다면 더없이 좋겠지요. 하지만 그것만으로도 불충분하다면 종이에다가 그와 함께해서 좋은 점과 나쁜 점을 구분해서 적어보고, 객관적 시각으로 바라보세요. 주변사람들에게 조언을 구해보는 것도 좋습니다. 객관적인 평가가 도움이 될 것입니다.

지금 가난하다고 앞으로도 가난하게 살 것을 염려하는 게 아닙니다. 하지만 당신이 짊어질 짐이 너무 버거워 보인다는 겁니다. 사랑을 하다 보면 아무리 노력을 해도 안 될 때가 있고, 아무런 노력 없이도 해결될 때가 있죠. 당신에게 닥친 이런 상황들이 단지 서로 인연이 아니라서 자꾸 힘들고 엉키는 건 아닌지 염려스럽습니다. 모든 걸 너무 억지로 맞추려고 애쓰지 말아요. 결국 당신이 원하는 쪽으로 상황이 만들어질 테니까요.

당신이 어떤 선택을 하던 저는 당신을 응원할 겁니다. 다만 어떠한 방향이든 '현명한 선택'으로 소중한 당신이 행복해졌으면 좋겠습니다. 부디 행운을 빕니다.

자꾸 한눈파는 남자, 어떻게 해야 하나요?

남자가 당신에게 비겁한 거짓말을 한다는 것은, 그
도 그 행동이 옳지 못하다는 것쯤은 인지하고 있다
는 말이다. 그 일로 상처받게 될 당신의 감정에 대
한 어떠한 배려도 없었다는 점을 기억하자.

Q   남자친구와 저는 1년 반째 만나고 있습니다. 최근 남자친
       구가 바람이 난 걸 제 친구가 길을 가다 목격해서 저에게
알려줬습니다. 남자친구를 추궁하자 "갑자기 일이 생겨서 만나
게 된 거다. 네가 오해하고 있다."라고 변명하길래 제가 딱 잘라
말했습니다. 손잡고 뽀뽀하는 것도 일이었냐고요. 그 정도 말하
니 잘못했다고 하더라고요. 사실 이번 일 말고도 예전에 저한
테 걸린 적이 있었습니다. 그때도 잘못했다고 하더니 또 이럽
니다. 저도 이건 아니라는 걸 잘 알지만, 마음과 머리가 따로 놀
아서 미칠 것 같습니다. 그를 용서하고 다시 만나도 될까요?

A   아이고, 아뿔싸, 당신의 남자친구는 당신과 만나면서 다른
       여자와 뽀뽀를 했어요. 그 사실을 친구에게 들었고요. 그

리곤 당신 앞에선 모른 척, 시치미 뚝! 만남을 지속해 왔네요. 만약 친구에게 들키지 않았다면 남자친구는 신나게 다른 여자를 만나고 다녔겠네요. 당신에겐 어떠한 말도 없이! 사건 현장이 발각되지 않을 때까지! 맙소사.

그는 "내가 잘못했어. 오해였어. 용서해줘"라는 온갖 말로 당신을 유혹할지도 모릅니다. 그 말을 들은 당신은 눈곱만큼의 변화라도 기대하면서 그를 용서할 수도 있겠죠. 하지만 저와 제 주변의 경험만으로도 장담할 수 있어요. 바람의 행위 자체는 당신을 사랑하는 행동이 아니랍니다. 거짓말과 눈속임으로 얼룩진 사랑은 당신이 진정으로 원하는 사랑이 아닐 테니까요. 당신의 남자친구는 비열합니다. 아주 고약하지요.

그래요, 두 사람 사이에 문제가 있다고 칩시다. 그렇다면 서로 대화를 해야지 다른 여자를 만나서 눈속임 사랑을 해선 안 됩니다. 예전에 TV를 보다가 이런 구절을 보았습니다. "사랑하는 사이에는 대화만 잘해도 둘의 사랑은 깨지지 않는다."

남자친구는 당신과의 관계를 존중하지 않고 있습니다. 그러니 당신 스스로를 아끼고 귀하게 생각한다면 남자친구와의 관계를 깨끗이 정리하는 것이 좋겠습니다. 또다시 그를 용서해준다면 당신은 똑같은 문제로 굴욕감을 느끼게 될 거예요. 남자친구는 이번 일을 통해 당신을 어떻게 생각하는지 정확히 보여

쳤습니다.

무엇보다 중요한 건, 당신에게 실망과 배신을 안겨준 그를 당신이 계속 사랑할 수 있겠느냐는 겁니다. 진심으로 당신의 마음에 귀 기울여보세요. 지금 그와의 관계가 '행복'한가요?

어여쁜 당신에게 거짓말을 해도 될 만한 이유라는 게 있을까? 남자친구가 당신에게 아주 고약한 거짓말을 한다면, 딱 그만큼 펀치 한방을 먹이고 또르르 굴려버리고 싶을 것이다. 나도 그쯤은 안다. 거짓말을 하는 남자는 지긋지긋하게 만나보았으니까. 이렇게 끔찍한 일이 내 일이 아니고 남 일이라면? "거짓말 한 번 한 걸 가지고 대단한 유세 났다. 그러다 사람 잡겠다."라고 할지도 모를 일이다. "한 번 실수한 걸 가지고 뭘 그러냐? 넌 실수 안 하고 사냐?"고 되물어볼 수도 있다. 그 말도 틀린 말은 아니다.

하지만 두 사람 사이에 무슨 일이 있었든, 그 일 때문에 그가 바람 난 것은 절대 아니다. 그러니 여자들이여, 지금 내가 하는 말을 새겨듣기 바란다. 남자가 당신에게 비겁한 거짓말을 한다는 것은, 그도 그 행동이 옳지 못하다는 것쯤은 인지하고 있다는 말이다. 그럼에도 불구하고 그 일로 상처받게 될 당신의 감정에 대한 어떠한 배려도 없었다는 점을 기억하자. 당신의 동의와 허락 없이 다른 여자를 만난다는 건 당신을 사랑하지 않는다고 말없이 소리치는 것과 같다.

남녀 사이의 감정이 있다는 것은 설레는 일이다. 그렇다고 애인이 있는 남자가 아무나와 사랑의 감정을 공유하는 건 곤란하다. 남자친구가 당신 말고 다른 여자를 만난다면 그건 배신이다. 바람을 피우는 사람들의 특징은 구구절절 변명을 하고 남탓을 하기 바쁘다는 것이다. 타당하지 않은 이유로 배신을 겪은 당신이 "나처럼 힘든 일을 겪은 사람은 또 없을 거야."라며 울고불고 해도 당장 해결책이 나오는 것도 아니다.

나도 한 번쯤은 남자친구의 바람을 눈감아주었을지 모른다. 아마도 그를 용서하기 위해 혼자서 무척이나 고통스러운 시간을 보낼 것이다. 우리의 사랑을 곱씹어보면서 그가 그럴 리 없을 거라며 그 상황을 믿으려 들지 않을 수도 있다. '차라리 사라져버리고 싶다, 어째서 나에게 이런 일들이 일어나는 거지?'라고 자책하면서. 하지만 그런 감정 소모는 당신에게 아무런 도움이 되지 않는다.

많은 커플들이 연애 초기에는 쉽게 싸우고 흔들린다. 꼭 '바람' 문제가 아니더라도 사소한 문제는 어디에나 널려 있다. 화려하게 반짝였다 금방 사라져버리는 불꽃처럼 뜨겁게 타오르다가도 어느새 그저 한줌의 재로 흩어지는 것이 바로 사랑이라는 감정이다.

서로 다른 환경에서 살아온 남녀를 한순간에 다 알기는 너무나도 어렵다. 핑크빛 미래가 보장된 관계처럼 보이더라도 언제 폭풍우가 들이닥칠지 아무도 알 수 없다. 그래서 연애가 어렵다. 남녀가 결속력이 있는 관계로 가까워지며 살까지 섞지만 삐걱거리다 보면 원수지간 되는 건 시간 문제다. 당신이 꼭 짚고 넘어가야 할 것은 "이 관계가 나를 행복하게 하는가?"에 대한 답이다. 어쨌든 난 그대가 진심으로 사랑받길 원한다.

예전에 내 친구도 비슷한 유형의 사랑을 했다. 그녀가 했던 말을 들려주고 싶다.

"혜영아, 나도 주변에서 부러워하고 '이렇게까지 나를 아껴주는 사람이 있을까' 싶은 남자 만났었거든. 우린 코드가 너무 잘 맞고, 같이 있으면 시간 가는 줄 몰랐어. 내 말이라면 껌뻑 죽는 건 기본. 본인이 쓸 돈은 없어도 날 위해 쓸 돈은 남겨두며 데이트 했던 사람이었어. 물론 친구들과 만나는 것보다 나랑 있는 걸 훨씬 좋아했지. 그렇게 우린 4년을 만났어. 그런데 어느 날 갑자기 여자가 생겼다고 말하는 거야. 동호회에서 만난 여잔데, 젊은 사람이 둘밖에 없어서 대화를 하다 보니 친해졌다고. 처음엔 아무 감정 없었는데, 여러 가지 일 때문에 자기도 모르게 그렇게 됐다고 미안하다고 하더라. 그래서 너도 알다시피 내가 처음엔 엄청 붙잡았어. 그 사람 아니면 안 될 것 같았거든. 제발 가지 말아 달라고, 나 버리지 말라고. 그렇게 미련했어. 그랬더니 오히려 엄청 냉정하고 차갑게 말하더라고. 그래서 이를 악물고 연락 안 하고 버텼어. 그렇게 멘탈을 부여잡으며 제정신으로 돌리고 있는데, 다시 연락 와서 자기가 미쳤었다고 잘못했다고 다시 한 번만 더 기회를 달라고 울고불고 하더라. 그래서 다시 만났잖아. 그놈의 정이 뭔지, 그때 딱 잘라 헤어졌어야 했는데 그렇게 못하겠더라고. 너무 사랑했고, 마음이 미친 듯이 아팠으니까. 그런 액땜을 했으니 이제는 우리가 잘 될 수 있을 거라고 생각했어. 그의 말을 믿고 싶었던 거지. 지금 생각해보면 내가 미쳤었지. 어쨌든 그렇게 또 한참을 만났어. 그렇게 만나는 동안 나는 내가 굳이 겪지 않아도 될 일들을 너무 많이 경험했어. 도저히 참을 수 없는 분노, 악몽, 얼굴을 볼 때마다 그날의 차가운 모습들이 생각나서 욕도 해보고, 울어도 보고, 아무리 생각해도 아니라며 헤어지자고 몇 번씩 말하면서 그 사람을 한없이 괴롭혔어. 그래도 변함없이 나한테 잘해주고, 다 받아주고, 자기가 더 잘하겠다고 지극정성을 다하는 모습에 조금씩 풀려가고 있었어. 그때쯤 또 여자 관련 문제가 터졌어. 내가 아픈데 다른 여자 만나는 건 기본, 거짓말로 둘러대는 건 보너스더라고. 또다시 충격 받고 정리했어. 그땐 처음보단 덜했지만, 진짜 하늘이 다 무너지는 것 같더라. 얼마나 힘들던지…. 하지만 다시는 그에게 돌아가고 싶지 않아. 내 모든 일상을 나누던 사람, 누구보다 나와 가장 가깝던 이가 평생 남이 됐다는 걸 믿을 수가 없어서 너무 허탈했지만 말이야. 그땐 펑펑 울고, 운동도 다니고, 그냥 시간이 빨리 갔으면 좋겠더라고. 그렇게 벌써 1년이 흘렀네. 하지만 아직도 가끔 눈물도 나고 보고 싶어. 하지만 이제 알아. 그 사람이 내 옆에 있을 때 내가 얼마나 고통스럽고 슬펐고 쓸쓸하고 외로웠는지를. 차라리 혼자서 가끔 그리워하는 이 생활이 더 행복해."

"그래, 친구야. 아무리 믿어주고 싶어도 도저히 믿을 수 없는 그 마음 너무 잘 알지. 그렇게 괴롭고 초조하고 불안하고 불행한데 그 사람과 결혼하면 어떻겠니? 돌아서는 건 힘들지만, 그 용기가 너를 성숙시킬 거야. 이 순간들은 네가 더 멋진 사람을 만나는 과정일 뿐이니까. 멋지다, 내 친구!"

남자친구가 외모를 계속 지적합니다

외모 지적을 할 때 한 번 더 생각해서 말해달라고 정중하게 부탁하자. 당신이 남자친구의 단점에 대해 어떠한 지적도 하지 않는 이유는 그를 사랑하기 때문이다.

Q 안녕하세요. 스물네 살 대학생입니다. 저에게는 동갑내기 남자친구가 있습니다. 그런데 그가 자꾸만 저에게 뚱뚱하다, 배가 나왔다, 허벅지가 두껍다는 등 외모 지적을 합니다. 사실 제가 남자친구를 처음 만났을 때는 날씬했었는데, 지금은 10kg 정도 찐 상태거든요. 그래도 그 전에 좀 말랐던 터라 지금도 뚱뚱한 편은 아닙니다. 그가 하도 외모 지적을 하니까 며칠 전 함께 맥주 한잔 하면서 진지하게 얘기를 꺼내보았습니다. 그랬더니 한다는 소리가 "충분히 예뻐질 수 있는데 왜 꾸미지 않느냐, 여자는 예쁘기만 하면 장땡이다" 같은 말들을 했습니다.

하지만 저는 그의 말이 이해가 되지 않았습니다. 제가 보기엔 저 나쁘지 않습니다. 살이 조금 찌긴 했지만, 살이 쪄서 예쁜 옷도 못 입을 정도는 아닙니다. 제 직업이 연예인도 아니고, 몸매에 기죽을 일도 없거니와 뺄 때 되면 제가 알아서 뺄 수 있습니다. 그의 미의 기준으로 저에게 다이어트 강요하는 거 같은데, 정말 그의 말에 상처를 받았어요. 저에게 했던 말들, 정말 진심일까요? 저를 정말 사랑하는 건가요?

사실 저도 말을 안 해서 그렇지, 남자친구도 완벽하지 않거든요! 하지만 저는 기분 나쁠까 봐 얘기 안 하는 건데…. 저 좀 도와주세요!

A 예전에 TV에서 사랑하는 커플의 이야기를 다룬 프로그램을 본 적이 있어요. 결혼 10년차의 그 커플은, 아내는 인터넷으로 물건을 파는 사업자였고, 남편은 일반 직장인이었어요. 아내는 결혼 후 여러 가지 이유로 살이 찌기 시작했고, 결혼 전 55kg 전후였던 몸무게가 순식간에 100kg으로 불어났다고 했습니다. 그럼에도 불구하고 남편이 아내를 바라보는 시선은 사랑스럽기 그지없었어요.

남편은 아내에게 단 한 번도 살 빼라는 얘기를 하지 않았다고 하더군요. 남편은 아내가 그 소리를 들으면 기분이 좋지 않을 거라는 것을 잘 알고 있었던 거죠. 저녁시간이 되자 두 부부는 함께 요리를 했고, 남편은 맛있게 구워진 삼겹살을 아내의 밥 그릇 위에 올려주었습니다. 그 모습이 아직도 생생하네요. 정말 하트 대 폭발이었다고나 할까요? 그때 느꼈어요. 아! 이것이 바로 사랑이구나!

남자친구 E를 만났을 때 저는 대학생이었습니다. 항상 시험 기간에는 저녁에 야식 먹는 습관이 들어 그 시기만 되면 살이 통통하게 올랐지요. 그러다 시험이 끝나면 조금씩 빠져서 원래의 몸무게를 회복했습니다. 그런데도 남자친구는 제가 살찌는 것에 대해 단 한 번도 언급한 적이 없었습니다. 살쪘다고 투덜거리면 귀엽다고 만져주고, 뱃살이 붙었다고 하면 귀엽다고 말해줬습니다.

저는 아무리 외롭다 해도 솔직히 여자친구의 외모를 지적질하는 남자친구는 트럭으로 가져다줘도 싫습니다. 하지만 저의 의견 따위는 아무래도 좋습니다. 이렇게 생각해보면 어떨까요? 남자친구의 소원대로 다이어트에 성공했다고 칩시다. 그 다음엔 당신을 향한 어떠한 소원이 기다리고 있을지 사뭇 기대됩니다. 그의 소원이 서커스라면? 당신은 그것을 기꺼이 할 생각이신지요? 만약 지금의 남자친구와 어찌어찌해서 결혼까지 한다면 또 어떤 초특급 잔소리가 이어질지 상상이 됩니다.

여자의 외모를 이렇게나 지적하다니! 연인 관계에서 외모에 대한 지적은 안 될 일이지요. 물론 남자친구는 당신이 살찌는 게 걱정되어서 그런 이야기를 한 걸 수도 있습니다. 아무래도 살이 찌면 건강상태가 나빠질 가능성이 높아지니까요. 살 빠지고 건강한 모습이 보기에도 훨씬 좋죠. 하지만 제 생각에 그의 속내는 그게 아닌 것 같네요. 그가 보기에 당신의 현재 모습이 만족스럽지 못해서 그런 것이 아닌가 싶습니다.

사실은 과거에 저도 그랬던 적이 있습니다. 제게는 남사친(남자사람친구) P가 있었어요. 그냥 아무 감정 없었던 저와 달리 P는 제게 마음이 있었나 봅니다. 문제는 그의 고백을 받은 뒤로 저는 이유 없이 그 친구가 싫어졌다는 거예요. 그 친구의 안 좋은 점만 눈에 띄는 거 있죠? 넌 말투가 왜 그랬냐는 둥 수염 좀 깎고 다니라는 둥, 그 친구가 듣기 싫어하는 말만 골라서 했습니다. 예전에는 신경도 안 썼던 부분이었는데 말이죠. 참 사람 마음이 간사하죠? 그러기를 여러 번, 결국 P는 폭발하며 "넌 어떻게 사람 상처 되는 말만 그렇게 골라서 하냐!"며 다그치더니 절 떠나버렸습니다.

반면 저도 남들이 보기에는 볼품없어 보이는 남자를 사귄 적이 있었어요. 그 친구는 부족한 점이 많았지만, 저는 그런 것들이 하나도 중요하지 않았어요. 그래요, 솔직히 말하면 그런 것들보다 제 마음이 더 중요했어요. 그 사람을 사랑하고 있었으니까요. 만약 그가 그때 10kg이든 20kg이든 더 쪘더라도 저는 변함없이 사랑했을 거예요.

다시 한 번 더 진지하게 그에게 당신의 생각을 전달해보는 게 좋을 것 같아요. 말을 할 때 한 번 더 생각해서 말해달라고 정중하게 부탁하는 거죠. 그런 말을 들었을 때 기분이 상한다는 것을 감정 섞지 말고 명확하게 말해야 합니다. 당신이 남자친구의 단점에 대해 어떠한 지적도 하지 않는 이유는 사랑하기 때문이죠? 그것을 정확히 표현해야 합니다.

그런 진솔한 대화가 오고간 뒤라면 남자친구도 당신의 마음을 헤아려 그의 경솔했던 행동들을 사과하고 다시는 그러지 않을 겁니다. 하지만 그 후에도 개선의 여지가 보이지 않는다면? 당신이 빼야 할 것은 10kg의 살이 아니라 바로 그 사람이라는 걸 알려드리고 싶네요.

헤어진 남자를 붙잡고 싶어요

상대가 진심으로 헤어짐을 선포할 때는 그 이유를 물어보되 붙잡지 말자. 차라리 상대에게 쉴 틈을 만들어주자. 끝이라는 사실을 인정하기 힘들지라고 안달복달하는 것보다는 나을 것이다.

Q 1년을 넘게 만난 남자친구가 헤어지자고 합니다. 제가 너무 잔소리를 많이 한다고요. 그래서 자존심이 엄청 상해서 "알았어, 연락하지 마!"라고 하고 헤어졌는데, 제가 너무 미련이 남아서 일주일 전 저녁에 전화를 했어요. 그랬더니 아주 퉁명스럽게 전화를 받더라고요.

그때 느낌이 왔습니다. 그의 마음에는 더 이상 내 자리가 없더라고요. 그래도 제가 전화를 못 끊으니까, 그는 속도 모르고 그냥 친구로 남자고 하더라고요. 그래서 저는 미련을 못 버리고 그러자고 했어요. 전처럼 "자기야, 사랑해~"뭐 이런 말은 못하겠지만, 그래도 통화라도 할 수 있어서 다행이라고 생각했어요. 바보같이….

그의 전화를 오전 내내 기다리다가 제가 못 참고 전화를 했더니, 전에는 그렇게 따뜻하던 목소리가 이젠 진짜 친구 대하 듯이 하네요. 저만 더 구차해지고 비참해집니다. 그래도 남자친 구 마음을 돌리고 싶습니다. 정말 미칠 것 같습니다. 이러는 저, 어쩌면 좋아요?

A 제가 첫사랑과 이별할 당시의 아팠던 기억이 떠오릅니다. 그때 그는 저한테 헤어지자고 소리쳤지요. 저는 제대로 붙잡지도 못하고 실연당했습니다. 그리고 그는 기다렸다는 듯 이 곧바로 여자친구를 사귀더라고요. 환승 이별이란 걸 겪었습 니다.

저는 세상에 이런 이별은 없다며 혼자 대성통곡을 하며 밥도 제대로 먹지 못했지요. 제 속만 너덜너덜해지고, 한없이 나약해 져서 심신이 피폐해졌어요. 내가 그에게 내동댕이쳐졌다는 사 실을 인정할수록 점점 더 미친 사람처럼 행동하기 시작했습니 다. 왜 그런 말 있죠? "세상에서 제일 고통스러운 이별은 내가 겪은 이별이다." 제게 남녀 간의 결별은 처음이라 어찌해야 할 바를 몰랐어요. 그저 너무 힘들었지요. 제가 감당할 수 있는 수 위가 아니었어요. 미친 듯이 술을 마시고, 제정신이 아닌 여자 처럼 행동하고 다녔습니다.

하지만 저는 절대 연락하지 않았어요. 왠지 지는 느낌이랄까 너무 구차했어요. 어차피 새 여자친구가 있는 사람이니, 그 대목만 봐도 저를 사랑하지 않는다는 것을 간접적으로 알려주는 거였으니까요. 연락한다는 게 너무 자존심이 상하더라고요. 떠난 사람 붙잡으려고 제 에너지를 쓰기 싫었습니다. 지금 생각해봐도 제가 참 대견해요. 어떻게 그 많은 유혹을 떨쳐냈는지…. 하루에도 수백 번 전화기를 들었다 놨다 하면서 얼마나 제 감정과 뇌가 싸웠는지 모릅니다.

저는 복수심에 이를 악물었어요. 그 누구보다 열심히 운동해서 살도 빼고 영어공부도 열심히 하면서 저를 가꾸는 데 올인했습니다. 소개팅도 나가고, 남사친들과 어울리는 자리에 나가 놀기도 했지요. 그랬더니 다른 남자들의 대시가 있더라고요. 결국 다른 남자친구와 잘 사귀고 있을 때 그에게 연락이 왔지요. 잘 지내냐면서….

남자가 헤어지자고 할 때는 이유가 있어요. 정말 이래선 안 되겠구나, 진짜 여자친구랑 헤어져야겠구나 싶을 때 결별선언을 합니다. 물론 마음이 아프다는 것쯤은 너무나도 잘 알아요. 저도 겪었으니까요.

연애라는 게 한 사람의 감정으로 할 수 있는 게 아니잖아요. 시작은 두 사람이 함께하지만, 이별은 서로 동의하에 이루어지는 일이 드물죠. 그래서 너무 쓰라리고 힘듭니다. 한 사람의 마음이 식어버리면 다른 한 사람은 내 마음과 상관없는 생이별을 감당해내야 하니까요. 그래도 어쩌겠어요. 그 사람의 의견을 존중하는 것도 사랑의 방법 중 하나인걸요.

그를 놓아주세요. 그리고 어떠한 연락도 취하지 마세요. 그래야 나중에 만나더라도 깔끔하지 않겠어요? 받아들이기 힘든 결별을 충분히 슬퍼하고, 힘들어하고, 다시 일어나셔야 합니다. 가슴은 아프고 슬프겠지만, 이제는 그를 생각하고 만날 시간에 나를 가꾸는 시간을 가지는 겁니다. 그동안 하지 못했던 것들에 시선을 돌려보기도 하고요. 괴롭고 눈물 나게 서글픈 일일지라도, 그 시간들이 지나고 나면 지나간 날들을 돌아보며 뿌듯하실 거예요.

이제 당신 깊숙하게 숨겨두었던 힘을 보여줄 차례입니다. 나싫다고 떠난 사람 붙잡아본들 관계만 더 힘들 뿐입니다. 그 사람은 당신과의 관계 개선의 노력보단 다른 사람을 찾기로 결심한 것이니까요.

어떤 친구들은 붙잡아보라고, 매달려보라고 조언할지도 모른다. 진짜 끈질기게 붙잡아보아도 안 되면 미련이 안 남는다고 말이다. 하지만 나는 매달리지 말라고 얘기하고 싶다. 헤어지기 전에, 두 사람이 사귈 때 정말 아낌없이 사랑하라고 말하고 싶다. 더 줄 것도 없이, 내가 더 못 주는 것이 미안하다는 마음으로, 그렇게 뜨겁게 사랑해보라고 말하고 싶다. 그렇게 사랑할 수 있다는 것은, 나를 사랑하는 방법도 알고 있다는 의미이기 때문이다.

후회 없이 사랑할 수 있는 '연애인'들은 자존감이 높다. 상대가 진심으로 헤어짐을 선포할 때는 그 이유를 물어보되 붙잡지 말자. 차라리 그 상대에게 쉴 틈을 만들어주자. 끝이라는 사실을 인정하기 힘들지라도, 내가 아니라고 판단해버린 사람을 바꿔보겠다고 안달복달하는 것보다는 나을 것이다.

오히려 그를 완전히 질려버리게 할 수 있는 방법이 바로 끈질기게 매달리는 것이다. 그저 공부에만 매달려 열공한 후 그 에너지를 시험장에서 다 쏟아냈을 때의 쾌감? 최선을 대해 공부했다면 적어도 그 시험에 대한 아쉬움은 남지 않는다. 그러니 사랑도 그럴 것이라고 생각하는데, 절대 그렇지 않다. 끈질긴 매달림은 오히려 당신을 완전히 잊게 하는 데 가장 강력한 무기다. 당신에게 완전히 질려버릴 테니까. 당신과의 이별이 최상의 선택이었다는 걸 다시 한 번 더 확신시켜주는 꼴이다. 물론 당신도 그에게 질려버리겠지만!

남자친구 C와 사귀었을 때의 일이다. 우리는 보통의 연인들과 다름없는 데이트를 했다. 주로 맛집 탐방을 하고, 영화를 보며 지냈다. 하지만 우리는 대학생이었던지라 둘 다 용돈벌이나 하는 처지였다. 잘 알겠지만, 데이트를 하면 할수록 데이트 비용도 무시할 수 없어졌다. 어느 날 오빠가 나에게 물었다.

"우리, 데이트 통장 만들까? 그거 만들면 서로 편할 것 같아."

나는 눈치도 없이 그 말을 대수롭지 않게 넘겼다.

"귀찮게 뭘 그런 걸 만들어. 만날 때마다 여유 있는 사람이 내면 되지."

그렇게 잘 지낸다고 생각했는데, 어느 날 오빠에게 문자가 왔다.

〈오빠가 지금 너무 힘들어서 너를 못 만날 것 같아. 네가 너무 좋은데… 정말 너무 미안하다.〉

그때 나는 느낌으로 오빠가 나와 진짜 헤어지려고 하는 게 아니란 걸 알았다. 전혀 그럴 만한 일도 없었기 때문이었다. 나는 전화를 걸었다.

"오빠, 알겠으니까 일단 만나. 헤어질 때 헤어지더라도 이렇게 하면 되겠어? 만나서 얘기하자."

그렇게 오빠가 이별 문자를 보낸 한 시간 뒤, 우리 집 근처 스타벅스에서 만났다. 우리는 대화를 나누었고, 내가 생각하는 것보다 오빠의 주머니 사정이 힘들다는 것을 알게 되었다.

"오빠, 미안해. 그때 그래서 커플통장 만들자고 했구나. 난 그런 뜻인 줄 몰랐어. 많이 힘들었지? 이번 기회에 알았으니까 나도 오빠를 더 알게 된 것 같아. 오늘 오빠 힘든 거 말해줘서 고마워."

내 말에 오빠는 울면서 고맙다고 했다.

중간 이별을 했을 때는 빨리빨리 대화로 소통하는 것이 좋다. 연인 사이에 대화로 풀지 못할 것은 없다. 대신 집착하듯 매달리며 안달복달하지 말자. 먼저 그 사람의 말에 공감해줘야 그 뒤에 서로 소통이 가능해진다. 진심 어린 소통이 가장 중요하다는 사실을 잊지 말자.

똑같은 패턴으로 이별을 합니다

지금은 연애보다 당신의 어떤 부분이 걸림돌로 작용하는지 파악해라. 자아성찰을 통한 변화 없이 다시 연애를 해봤자 쳇바퀴 돌듯 반복할 것이 분명하기 때문이다.

Q 안녕하세요. 요즘 너무 힘이 듭니다. 작가님, 제 연애는 항상 똑같습니다. 정말 미치겠습니다. 저는 연애를 길게 해본 적이 없습니다. 저는 지금까지 짧게는 2주, 길게는 3개월 정도의 짧은 연애만 반복해왔습니다. 더 큰 문제는 매번 제가 차인다는 겁니다. 그나마 짧은 연애를 지속할 수 있었던 이유는, 상대방이 볼 때 매력적인 성격에 있는 것 같아요. 그러나 막상 사귀게 되면 저의 연애는 비루하기 짝이 없어지고 순식간에 끝이 나고 맙니다. 이상하게도 연애를 시작하면 어느새 제가 휩쓸리는 것 같습니다. 상대방이 마냥 좋아져버린다고나 할까요? 저 어떡하면 좋나요? 도와주세요!

A 제 친구 J 역시 남자친구를 사귈 때마다 매번 참패를 경험

했습니다. 자신에게 매력을 느껴서 고백한 남자친구가 고마운 마음에, 매번 반복해왔던 짧은 연애를 벗어나기 위해, 이번에는 오랜 기간 동안 연애를 하고 싶은 마음에, 계속적으로 무조건적인 헌신을 했던 거죠. 좋아하고 사랑하는 사람에게 잘해주는 것이 무슨 문제가 되겠냐고 하겠지만, 잘해주는 것이 문제가 아니라 유독 남자친구에게만 잘 보이려 하는 것이 문제라는 겁니다.

쉽게 말해서 '난 너에게 푹 빠졌어, 너밖에 없어'를 표현하는 거죠. 그런 마음을 가지고 있으니, 남자친구가 어떤 부탁을 해도 만사를 제쳐두고 들어주고, 남자친구 말만 철석같이 믿고 듣게 되는 악순환이 반복되었던 겁니다.

한 번은 J가 여자친구가 있는 남자에게 고백을 받은 적이 있었습니다. 출발점부터가 심상치 않죠? 애인이 있는 남자에게 고백 받았을 때는 "지금 너 나한테 이러는 거 여자친구도 알고 있어?"라고 말할 수 있어야 합니다. 그 말에 남자는 깜짝 놀랄 것이고, 그녀는 그의 고백을 뿌리칠 수 있겠죠. 아니면 상대방이 현재의 여자친구와의 관계를 정리하고 그녀에게 올 수도 있어요. 하지만 그녀는 이미 그 남자에게 푹 빠져 있는 상태였어요. 어떻게 알았냐고요? 그녀가 남자의 고백을 받아들여야 할지 고민하고 있었으니까요.

그녀는 자신을 지키는 방법에 너무 서툴렀던 겁니다. 자신을 지키는 방법을 몰랐죠. 진정 그녀를 생각하는 친구라면 이런 상황에 있는 친구를 일단 말려야 합니다. 그녀에게는 다행히 제가 있었죠.

"J야, 그 남자가 지금 여자친구 있는데 너한테 이러는 건 너를 가볍게 생각한다는 거야. 그리고 그 사람이 만약 너랑 사귀게 됐다고 치자. 그 후에 다른 여자한테도 네게 한 것처럼 한다고 생각해봐, 끔찍하지 않니? 일단 밀어내. 그리고 반응을 봐. 진짜 좋아하면 여자친구랑 정리하고 올 거야."

"아니야, 나에게 곧 헤어진다고 했단 말이야."

"아직 헤어진 게 아니잖아. 친구야, 그러다 너만 힘들어질 수 있어."

"나한테 올 거야. 그는 이미 그녀에게 마음이 없고, 나를 좋아한다고 했어."

"그래 그럼. 그가 정리하고 온다면 진지하게 만나봐. 그때 만나도 늦지 않아."

하지만 J는 나의 조언을 무시한 채, 전 여자친구와의 관계를 확실히 정리하지 않은 그와 급하게 연애를 시작했어요. 둘이 만나면서 그는 여자친구를 정리했죠. 예상된 결과였지만, J는 그와 3개월 만에 연애의 종지부를 찍었습니다.

그 결과는 비참하고 참담했습니다. 연애할 때 전에 만났던 여자친구 이야기를 밥 먹듯이 하고, 둘 사이에 싸움이 나기라도 하면 전 여자친구를 못 잊겠다며 다시 그녀에게 돌아가겠다는 모진 말들을 쏟아 부었다고 하더군요. 결국 그는 J를 버리고 다시 전 여자친구에게 가버렸습니다.

J가 자신을 먼저 생각하고, 입장을 정확하게 밝혔더라면 결과는 달랐겠죠. 하지만 J는 자신의 고질적 연애 패턴에서 벗어나지 못하고 있었던 겁니다.

남자친구에게 휩쓸리는 여자들을 보면 지나칠 정도로 헌신을 합니다. 무엇이든 양보하고, 남자친구를 자신보다 우선순위에 두죠. 그렇게 연애를 지속하게 되면 당신이 하는 그 양보를 너무나도 당연하게 생각하게 됩니다. 남자친구 입장에서 보면 이 게임이 너무 재미없는 거예요. 결과가 불 보듯 뻔해지는 거죠. 원하는 모든 것을 쉽게 얻을 수 있는데, 그녀에게 더 이상의 노력과 혼을 쏟을까요? 만나고 싶고 보고 싶을 때 볼 수 있는 여자에게 남자는 원하는 모든 것을 얻습니다. 쉽게 얻으니 쉽게 질릴 수밖에 없는 거죠.

그래서 저는 연애를 잘하기 위해서는 여자가 주도권을 쥘 필요가 있다고 생각해요. 솔직히 말씀드리자면, 제 경험으로도 남자가 저를 더 좋아하고 쫓을 때의 연애가 순탄했거든요. 남자가 조금 더 적극적이고, 여자에게 안달복달하면서 어쩔 줄 모르는 모습이 연애를 할 때 이상적인 모습에 가깝습니다. 그러니까 연애 초반부터 너무 좋아하는 티를 내서 남자가 당신에게 표현할 수 있는 기회를 박탈하지 마세요.

보통 연애 초반에 더 좋아하고 매달리는 건 어차피 여자가 아닌 남자 쪽이에요. 연애를 하다가 시간이 지나면 초반에 보이지 않던 것들이 많이 보이기 시작하고, 그로 인해 서로 의견 충돌이 일어나고 싸울 일도 생기겠죠? 그런 게 연애인데, 그가 없으면 죽을 것처럼 행동할 필요는 없어요. 안 그래도 충분히 사랑받을 테니까요. 특히 여자는 남자에게 휘둘리기 쉽기 때문에 연애 초반일수록 상대보다 자신에게 집중해야 해요. 그래야 자신을 채근할 수 있게 되고, 조금 더 이성적인 판단을 할 수 있게 되는 거랍니다.

남자가 당신을 위해 로맨스를 유지하고, 얼마나 양보하느냐는 당신이 얼마나 주도권을 잡고 있느냐에 따라 달라진다고 할 수 있어요. 저는 항상 연애할 때 남자친구의 애간장을 태웁니다. 그 말은, 그가 원하는 것이 보이면 쉽게 주지 않는다는 뜻이에요. 제발 남자에게 쉬운 여자로 보이지 맙시다. 차일 수밖에 없는 예상 가능한 행동을 반복하면서 계속 징징대기만 하면 정말 곤란하겠죠?

　항상 같은 패턴으로 이별을 한다면 연애를 잠시 중단해보자. 지금은 연애보다 당신의 어떤 부분이 연애의 걸림돌로 작용하는지 파악하는 게 더 중요하다. 자아성찰을 통한 변화 없이 다시 연애를 해봤자 쳇바퀴 돌듯 반복할 것이 분명하기 때문이다. 내 잘못을 인정하고 받아들이기란 정말 힘들다. 타인의 이야기가 아니라 자신의 일이 되면 너무도 고통스럽기 때문이다.

　헬스장에 가서 운동을 하거나 뒷산에 올라가 소리를 질러도 좋고, 도서관에서 책을 읽거나 미친 듯이 공부를 해도 좋다. 그렇게 내면을 채우면서 자신과 친구가 되면 자신의 소중함을 깨닫게 된다. 다음번 연애에는 자신을 소중히 대하는 습관이 배어서 남자친구에게 할애할 시간이 줄어들 것이다.

　자기 계발하는 여자는 아름답다. 당신이 뭘 하는지 남자가 궁금하게 만들자! 당신에게는 그럴 자격이 충분하다. 가장 중요한 것은, 자신을 지킬 수 있을 때 비로소 이상적인 연애가 가능하다는 사실을 깨닫는 일이다. 그리고 다시 이 책을 보면서 남자에게 휩쓸리지 않기 위해 필요한 부분이 있다면 밑줄 좍좍 그어가며 머릿속에 각인시켜보자. 지금껏 모든 일을 잘 헤쳐 나온 당신은 분명히 할 수 있을 것이다.

제 남자친구는 다혈질입니다

싸움을 극복하는 과정이 너무 힘들고, 그것이 시간 낭비라는 생각이 든다면 객관적으로 바라보아야 한다. 에너지가 너무 많이 소비되면, 그건 옳지 못한 관계 속에 있다는 것을 말해주는 거니까.

Q 제 남자친구는 말 그대로 다혈질입니다. 성격이 너무 세요. 완전 불 같은 성격 아시죠? 그냥 한번 붙으면 활활 타올라서 말릴 수가 없습니다. 그리고 어찌나 자존심이 센지, 자존심 빼면 시체인 B형 남자입니다. 저 또한 감성적이고 솔직한 편이라 생각나는 것은 바로 말로 옮기는 성격입니다. 행동이나 말투는 항상 그 순간의 감정에 충실하지만, 그래도 바로 풀어버리는 쿨한 여자입니다.

만난 지 9개월째 되는 우리는 스키장에서 처음 만나 서로에게 이끌렸고, 인연으로 발전했습니다. 처음에는 다른 커플들과 다름없이 예쁜 사랑을 이어갔습니다. 서로 보기만 해도 마냥 좋았지요. 이렇게 크게 싸우는 날이 오리라고는 꿈에도 생각지 못했습니다. 예전에 만났던 남자친구와도 엄청 싸웠던지라 저는 싸움 자체가 너무 싫습니다. 그런데 남자친구는 한번 화가 나면 무조건 제게 막말을 일삼습니다. 숫자 욕은 기본이고 앞 단어가 엄청 살벌합니다. 그냥 무섭게 여러 가지 욕을 하는 거죠. 또 화가 나면 보통 "나만 잘못했니? 너는 아무 잘못이 없다는 말이야?" 혹은 "야, 너도 그랬잖아! 너도 예전에 똑같이 그런 적 있었잖아!"라면서 소리칩니다.

자꾸만 이런 말들이 반복되니 그냥 진저리가 납니다. 이 지긋지긋한 싸움에서 피해야 되겠다는 생각밖에 안 들고, 어쩌고저쩌고 설명하는 것이 남자친구의 화를 돋우는 지름길 같아서 아무 말도 안 나옵니다. 그래서 결국은 제가 늘 먼저 미안하다고 하고 그만하자고 해서 수그러지게 하죠. 이 정도 되면 이미 제 자존심은 안드로메다로 날아가 있습니다. 이 때문에 스트레스가 이만저만이 아닙니다.

요즘에는 남자친구에게 아무런 기대도 안 하게 되고, 그저 이런 관계 속의 '우리'에서 벗어나고 싶습니다. 계속 반복되는 싸움에 지쳐가는 속도도 빨라지고 있습니다. 남자친구가 욕하고 화내는 모습에 너무 충격을 받아서 울어도 보았지만 아무 소용이 없습니다. 정말 이대로 가다가는 서로 지쳐서 헤어질 것 같습니다. 하지만 아직은 헤어질 자신이 없습니다.

작가님, 남자친구도 자신의 다혈질을 고치고 싶은데 그게 잘 안 된다고 합니다. 남자친구가 화를 낼 때 저는 어떻게 해야 할까요? 제 의견을 어떻게 잘 이야기할 수 있을까요?

A 자신의 상식으로 도저히 감당되지 않는 문제를 이해하려 애쓰느라 얼마나 마음고생이 심하셨을까요? 저 역시 같은 문제로 오랜 시간을 고통 받으며 연애했던 만큼 마음이 아픕니다.

저 또한 연애를 하면서 '어떻게 하면 이 사람을 변화시킬 수 있을까?'에 혈안이 되었던 적이 있었습니다. 그 사람의 문제를 제가 잘 알아서 더 큰 사랑으로 안아주면 충분히 그 문제를 고칠 수 있을 거라고 생각했지요. 하지만 그건 저만의 착각이었습니다. 또 내가 사랑한 사람에 대한 도리라고 생각해서, 저보다 그 사람을 받아들이려고 노력하기 바빴습니다. 제 남자친구가 다혈질의 성격을 고치지 못하더라도 내가 그 부분을 이해하려 애쓰면 다 잘될 것이라고 믿었죠. 어쨌든 저의 경험을 토대로 말씀 드리겠습니다.

화를 수그러지게 하는 방법은, 일단 상대방이 화가 나면 가라앉을 때까지 가만히 두어야 합니다. 사람의 화라는 건 순간적인 행동입니다. 욱하는 행동으로 이성적인 판단이 흐려지기 때문에 어떠한 행동을 하기보다는 가만히 있는 것이 최선입니다.

남자친구가 욱해서 무슨 말을 하면 그냥 가만히 계세요. 혹시 나 당신이 아닌 다른 누군가에게 화가 나서 화를 낼 때는 어깨를 토닥여주세요. 그의 입장을 이해한다는 것을 행동으로 표현하는 겁니다. 그럼 남자친구의 마음이 수그러질 거예요.

화가 나면 남자친구는 당신에게 '미안해, 알았어, 진정해, 잘못했어' 같은 말들을 듣고 싶어 할 것입니다. 그 외에 말들은 일절 듣고 싶어 하지 않지요. 남자친구도 그런 자신이 미울 겁니다. 습관은 쉽게 바뀌지 않고, 바꾸기 힘들기 때문에 자꾸 바르지 못한 행동들을 하는 거니까요.

하지만 사실 여자친구 입장에서는 이해하기가 정말 힘들죠. 본인이 잘못한 게 없으니까요. 그래서 도저히 그런 말들을 못 하겠다 싶으면 차라리 가만히 있으세요.

그냥 놓아두면 남자친구는 차분해집니다. 그 후에 둘만의 시간을 갖고 공포의 순간에 느꼈던 자신의 감정에 대해 말해야 합니다. 이때 중요한 포인트는, 남자친구가 아닌, 남자친구의 행동과 말버릇에 대해서 대화하는 겁니다.

대개의 커플이 싸울 때 의견 차이를 보이고 어긋나는 것은, 싸움의 원인에 대해 직설적으로 말하지 않고 우회적으로 돌려 말하다가 싸움이 커지기 때문입니다. 남자친구는 분명히 어떤 누구에게도 말하기 힘든 내면의 상처가 있을 거예요. 그래서 화를 조절하기가 힘든 겁니다. 대화를 통해서 바로 고치기 힘들더라도 서로 합의점을 찾아 노력하는 예쁜 커플이 되셨으면 좋겠습니다.

하지만 극복하는 과정이 너무 힘들고, 그것이 시간 낭비라는 생각이 든다면 좀 멀리서 객관적으로 바라보세요. 에너지가 너무 많이 소비되면, 그건 옳지 못한 관계 속에 있다는 것을 말해주는 거니까요.

이 세상에서 가장 소중한 존재는 당신입니다. 당신이 제일 고귀하다는 거 아시죠? 무조건적으로 참으면서 언제 끝날지 모르는 피폐한 사랑을 책임지려고 하는 당신을 생각하니 가슴이 저립니다. 아름다운 연애를 해야 할 당신의 청춘이 겪는 고통이 너무 깊어 보입니다. 감당하기 힘든 고민으로 시간을 허비하기엔 당신의 청춘이 너무도 아깝습니다. 당신의 선택을 응원합니다!

헤어진 여자친구에게
새 남자친구가 생겼어요

당신은 결혼을 생각했지만 그녀가 이별을 선택했다면 그녀의 진심을 존중해야 한다. 그래야 서로의 감정 소모를 아끼고 더 큰 고통에서 벗어날 수 있으며, 당신의 진짜 짝꿍을 만날 수 있다.

Q 2년 동안 진지하게 교제하던 여자친구가 있었습니다. 저는 그녀에게 푹 빠져 있었죠. 연애가 지속되면서 우리는 결혼할 것이라 믿었습니다. 사귀면서 몇 번 싸우기는 했지만 곧바로 화해하곤 했습니다. 그러다 어느 날, 여자친구에게 헤어지자는 말을 들었습니다. 그것만으로도 고통스러운데, 엎친 데 덮친 격으로 그녀에게 다른 남자친구가 생겼더라고요. 지금 저는 쇼크 상태입니다. 그녀와 다시 사귈 생각이었는데, 저는 이제 어쩌면 좋을까요?

A 여자가 먼저 이별을 선언했을 때는(홧김에 결별을 말한 것을 제외하고) 정말 둘 사이에 털끝만큼의 미련도 남아 있지 않기 때문입니다. 물론 당신이 정말 괴롭다는 거 잘 알고

있어요. 그래도 있는 그대로의 이 말들을 받아들여야 합니다. 저뿐 아니라 제 주변 친구들도 남자친구에게 먼저 결별을 선언했을 때는 똑같은 심정이었습니다. 더 이상 닳아빠진 관계에서 피폐해지고 싶지 않았던 것이죠. 그래서 이별을 선택한 거예요.

안타깝지만 이젠 당신에 대해 일말의 미련도 없을 거예요. 그러니 다른 남자도 만나는 거겠죠. 이별이 원래 그렇잖아요. 시작은 두 사람의 감정이 통해서 사귀는 것이지만, 헤어질 때는 한 사람의 마음만 식어도 게임이 종료되어버리죠. 한 사람의 마음이 아직 남아 있다는 게 쓰라리지만, 이젠 더 이상 연애할 때의 '우리'는 없다는 것을 인지해야만 합니다.

당신을 몰라보고 간 그녀와 그녀의 현재 남자친구를 보며 허송세월하지는 말아야 합니다. 왜 그녀 옆에 내가 될 수 없는지 생각하지 말아요. 몸에 해로운 술도 더 이상 마시지 말고요. 임시방편으로 슬픔이 사라지더라도 나중에 암흑 같은 슬픔이 드리워질 테니까요. 부디 제 말을 흘려듣지 않으셨으면 합니다.

나는 구질구질하게 차여도 봤고, 묘한 수법으로 차기도 했다. 그것뿐인가? 나름 좋은 이별도 해봤다. 하지만 어떤 이별이든 그 순간을 받아들이고 결정하는 모든 과정들은 고통스럽기 그지없다.

남자친구 J에게 매몰차게 결별을 선언하고 나는 얼음처럼 차갑게 돌아섰다. J와 연애할 때 적어도 나는 최선을 다했다. 우리는 달콤한 로맨스를 이어갔지만, 애석하게도 꽤 어울리는 커플은 아니었다. 시간이 지날수록 우리 사이에 일어나는 똑같은 싸움방정식에 나는 서서히 지쳐갔고, 반복되는 싸움 속에 지치는 속도도 빨라졌다. 결국 나는 혼자이기를 선언해버렸다.

　헤어짐은 내게 정말 최후의 선택이었다. 이 수렁에서 더 이상 허우적대기 싫었다. 그를 만나는 순간순간 최선을 다했지만, 우리의 끝이 느껴지자 나는 스스로 마음정리를 시작했다. 때문에 헤어지고 나서는 오히려 생각보다 고통스럽지 않았다. 나는 그가 다시 연락한다고 해도(제발 연락하지 말아줬으면 했다) 돌아갈 생각은 눈곱만큼도 없었다. 그의 감정이 아무리 회오리쳐도 내 마음은 변하지 않을 터였다.

　그는 그런 내 마음도 모른 채 기어코 내게 연락을 해왔다. 잘 지내고 있느냐, 너와 헤어지고 너무 힘들어서 잘 다니지도 않았던 교회도 다녔다, 시간되면 만나서 커피 한잔만 하자, 내 물건 좀 돌려줄래 등등. 이런 연락이 올 때마다 나는 썩 유쾌하지 않았다. 하지만 최대한 상냥하게 답문을 보내주었다. 그 당시에는 너무 매몰차게 무시해버릴 수가 없었다. 그렇게 강하지 않았나 보다. 그러면 그럴수록 그는 답문을 보내는 요량으로 나에게 계속 연락을 해왔다. 애초에 답문을 보내지 말았어야 했다. 다시 거절하는 것은 더 고통스러웠다.

　지금 당신은 전 여자친구의 그늘에서 벗어나지 못하고 있을 것이다. 당신이 겪고 있는 이별이 거짓일 거라고 믿고 싶은 마음도 잘 알고 있다. 그녀에게 전화가 와서 "우리, 다시 잘해보자!"라고 할 테니 당신은 차분히 기다리면 된다는 말을 듣고 싶을 것이다. 하지만 나는 당신에게 그런 어림없는 소리를 할 수가 없다.

　당신은 그녀가 좋아서 미칠 것 같은데, 그녀는 당신을 '평생의 짝'이 아니라고 말했다. 이별의 타이밍은 별로였지만, 그녀의 진심을 존중해야 한다. 그녀의 선택과 결정으로 서로의 감정 소모를 아끼고 더 큰 고통에서 벗어날 수 있다.

　커플들은 시간이 지나면서 함께 성숙해지기도 하고 헤어짐을 맞이하기도 한다. 혹은 이 두 가지를 동시에 경험하기도 한다. 상대방이 싫은 건 아니라도 더 이상 애인 사이의 감정이 생기지 않을 수도 있다. 만약 계속 이런 관계에 있었다면 더욱 고통스러웠을 것이다. 이 세상에는 더 좋은 여자가 많다는 사실을 알기 바란다. 분명 검은머리 파뿌리가 되도록 당신과 평생 함께할 당신의 진짜 짝꿍을 만날 수 있다. 한 번 찾았으니 또 찾을 수도 있다.

그녀는 당신 곁으로 돌아오지 않는다. 그러니 그녀의 집 주변에는 얼씬거리지 말자. 당연히 그녀에게 연락하지도 말자. 술, 담배, 게임 등 당신을 타락하게 만드는 어떤 것으로부터도 벗어나자. 그녀는 당신의 그런 모습을 원하지 않는다. 적어도 그녀에게 멋진 남자로 기억되고 싶다면 신사답게 행동하자.

이별이 고통스럽다는 것쯤은 잘 안다. 순간적인 일탈은 당신을 고통에서 벗어나게 해줄 수 있지만 신통방통한 특효약은 아니다. 그러니 제발 고약한 것들에서 벗어나자. 암막커튼을 걷어버리고, 아침 일찍 나와 새소리를 들으며 산책을 해도 좋고 아침 운동을 해도 좋다. 집에 와서 기분 좋게 샤워하고, 아침 먹고 출근하는 거다. 잘할 수 있다.

가끔은 내가 왜 이래야 하는지 힘들고 가슴이 쓰릴 거다. 포기하고 싶을 수도 있다. 하지만 잊지 말자. 운동할 때마다, 당신이 밖으로 나갈 때마다 그녀를 만날 때보다 더 멋진 사람이 되어 있을 것이다. 그건 내가 장담한다.

헤어진 남자친구에게
새 여자 친구가 생겼어요

당신도 떠날 차례다. 이제는 자신에게 집중하자. 당신의 매력을 못 알아본 사람 때문에 힘들어하지 말자. 그러기에는 시간이 너무 아깝다. 분명 지금 어떻게 정리하느냐가 당신의 인생을 바꿀 것이다.

Q 2주 전 남자친구와 헤어졌습니다. 행복했었던 2년의 시간들이 주마등처럼 지나갑니다. 어떻게 헤어졌냐고요? 그가 바람이 났습니다. 자존심도 많이 상하고 너무 속상해서 펑펑 울었네요. 그의 새 여자친구는 저도 아는 사람으로, 남자친구와 함께 본 적이 있는 그의 직장 동료입니다. 처음에는 어찌나 황당하던지 밥을 먹을 힘조차 없더라고요. 제 인생이 그를 중심으로 돌아갔는데! 눈으로 보고도 믿을 수가 없습니다. 지금 제 모습을 보니 너무 초라합니다. 며칠째 제대로 씻지도 못하고 먹지도 못했거든요. 저는 이제 어쩌면 좋을까요?

A 첫사랑에게 비참하게 버림받고 저는 일주일 동안 아무 감정이 없었어요. 뭐랄까, 이별하면 다들 아프다던데 전 안

아프더라고요. 그래서 이 정도라면 잘 이겨낼 수 있을 거라 생각했죠. 그런데 이게 웬걸, 정확히 일주일 뒤 스멀스멀 이별의 아픔이 올라오더군요. 바로 그때, 전 남자친구에게 새 여자친구가 생긴 걸 알아버렸죠.

그의 SNS를 본 순간 저는 너무 놀라 아무런 소리도 낼 수 없었어요. 그의 새 여자친구가 다름 아닌 제가 늘 바래다주던 일본어학원 선생님이었으니까요! 그때의 쇼크란 정말 말로 표현할 수 있는 종류가 아니었습니다. 그때부터 저는 이 세상에서 제일 슬픈 실연녀가 되기로 결심했죠. 그래서 밤길에서 마주칠 만한 주정뱅이 아저씨 저리 가라 싶을 정도로 고주망태가 되기 시작했습니다.

정말 한순간만이라도 그의 생각에서 벗어나고 싶었어요. 그래서 술에 의지하기 시작했고, 그 결과 저는 점점 망가지면서 제대로 타락의 길로 들어섰습니다. 하루는 아예 폐인이 될 요량으로 동네 친구 집에 가서 술을 퍼마시기 시작했어요. 누가 보면 마귀가 붙었는지 알았을 겁니다. 그렇게 인사불성이 되었지요. 그 다음날 부스스한 머리에 후줄근한 트레이닝복 차림으로 친구 집을 빠져 나왔는데, 우리 집 앞 횡단보도 앞에서 옛 남자친구의 차를 발견했습니다.

'아, 제발! 내가 잘못 본 거라고 말해줘!'라고 속으로 소리치고 있었죠. 그 안에 그가 아니라 다른 가족이 운전하고 있었을 수도 있지만, 얼마나 쪽팔리는 일입니까? 저를 봤다면 그 얘기를 고스란히 남자친구한테 하지 않았겠습니까? 정말 치욕스러웠습니다.

저는 그 길로 집에 가서 다시 펑펑 울기 시작했습니다. 왜 내가 이렇게 아파야 하는 거냐며, 왜 내 인생은 이 따위냐며 자책하면서요. 거기다 더 저를 미치고 가슴 치게 만들었던 건, 엄마가 해장하라며 상을 차려 제 방으로 들고 들어오는 거였습니다. 그 밥을 먹는데, 정말 입으로 들어가는지 코로 들어가는지 몰랐습니다. 어찌나 눈물이 나고 가슴이 찢어지는지…. 그때 전 깨달았습니다. 더 이상 이 상태로 있어서는 안 된다는 사실을요. 그리고 결심했죠, 다시는 집에서 우울하고 힘들게 있지 않겠다고!

혹시라도 당신의 추한 모습을 본 누군가를 통해 전 남자친구에게 당신의 현재 상황이 알려지는 것을 원치 않는다면 이제 그만 집에서 나오셔야 합니다! 아시죠? 발 없는 말이 천리 간다는 것을요. 덤으로 그 슬픈 스토리는 눈덩이처럼 불어나 당신이 이미 미쳐 있다고 소문 날 수도 있어요! 정말 끔찍하지 않나요? 당신도 저처럼 피폐한 상태로 옛 애인을 만나고 싶은 건 아니겠죠? 그것은 저 하나로 충분합니다. 너무 끔찍했거든요!

우연한 마주침을 가장한 만남을 꿈꾸는 거 잘 알고 있습니다. 일거수일투족을 알고 있던 사이였으니, 그가 지금 이 시간에 무엇을 하고 있는지 훤히 알고 있을 테죠. 그러니 더욱 연락하고 싶을 거예요. 그에게 연락이 없으니 더욱 궁금하겠죠. 하지만 안 됩니다. 그 어떤 것을 빌미로 연락을 하든 집 앞으로 찾아가든, 그를 다시 돌려보려고 애쓰는 당신의 모든 행위는 그에게 자신의 선택이 옳았다는 것을 다시 한 번 더 확인시켜주는 꼴밖에 되지 않습니다.

지금 당신이 기억해야 할 것은, 그가 당신을 두고 바람이 났다는 사실이다. 그는 지금껏 당신을 속였고, 당신을 배려하지 않은 행동을 했다. 대부분의 사람들은 결별 후 새 출발을 한다. 슬프게도 그는 새로운 출발을 계획하고 있었고, 이는 달리 말해 당신과의 관계에서 벗어나고 싶었다는 뜻이다. 계획한 만큼 그는 빨리 새로운 인생을 사는 것이다. 이미 그는 다른 사람과 새로운 사랑을 시작했고, 이제 당신 곁으로 돌아오지 않는다. 그러니 그가 돌아올 것이라는 희망 따위는 하지 말자.

그가 먼저 당신을 떠났지만, 이제 당신도 떠날 차례다. 그를 향한 미련 따위는 던져버리고 새로운 인생을 살 수 있다. 지금은 그럴 수 없을 것 같아도, 일단 해보면 생각보다 별거 아니다. 일방적 이별 통보를 받은 탓에, 당신은 자신의 마음을 추스르기도 전에 갑작스러운 후폭풍들을 감당해야만 한다. 이런 현실이 믿기지 않더라도 말이다!

그도 나처럼 슬퍼할까? 분명 그는 잘못했다며 나에게 다시 돌아올 거야! 그래, 그땐 울면서 "그때 왜 그랬어!"라고 소리치고 다시 받아줘야지!

천만에! 제발 진정해라! 그가 당신을 그리워했다면 벌써 당신 곁으로 왔을 것이다. 당신이 아무리 현실적으로 받아들이고 싶지 않다고 해도 그가 바뀌는 건 아니다. 하지만 이 이별로 당신은 훗날 더 멋진 여성이 될 것이다. 당신은 충분히 아름다우니까. 이제는 그에게 집중하지 말고 당신에게 집중하자. 당신은 충분히 그럴 자격이 있다. 당신의 매력을 못 알아본 사람 때문에 힘들어하지 말자, 고통스러워하지 말자. 그러기에는 시간이 너무 아깝다. 분명 지금 연애를 어떻게 정리하느냐가 당신의 인생을 바꿀 것이다!

술만 마시면
남자친구가 손찌검을 합니다

평소에 아무리 당신에게 잘해주고 성실할지라도, 술로 당신을 괴롭히는 남자라면 당장 빨간 깃발을 들고 멈춰 서야 한다.

Q 제 남자친구는 술만 마시면 완전히 딴사람이 됩니다. 술만 마시면 저한테 시비를 겁니다. 다른 사람들과 싸우려는 것을 말리며 부축이라도 할라치면 욕설에 손찌검까지… 아주 거침이 없습니다. 남자친구의 못된 버릇을 고쳐보겠다며 있는 힘껏 뺨도 때려보고, 지갑이랑 휴대폰을 숨겨도 보았습니다. 소중한 물건들을 잃어버린 줄 알면 술 좀 덜 마시겠지 싶었거든요. 그런데 인사불성이 되었는지 아예 기억조차 하지 못합니다.

그놈의 술이 원수입니다. 술만 빼면 사람이 정말 좋습니다. 저에게도 잘해주고 일도 성실히 하고요. 그런데 술만 들어가면 정말 왜 그리 변할까요? 한 번은 차내에서도 아니고 차 옆에서 술에 취해서 자고 있는 거예요. 정말 감당이 안 됩니다. 말도 가려서 하지 않고 막 하고요. 기분이 좋지 않으면 술 마시고 운전까지 합니다. 음주운전으로 면허가 취소된 적도 있어요. 남자친구가 멀쩡할 때 제가 몇 번을 말했는지 모릅니다. 술 마시면 무섭고 두렵고, 그 순간이 공포라고요. 그러면 그는 알겠다고, 다시는 마시지 않겠다고 다짐만 여러 번…. 말로 해도 소용없고 그 순간뿐입니다. 저는 어떻게 하면 좋나요? 도와주세요!

A 욕설하고 손찌검하는 행위가 정당화되는 순간이 있을까요? 글쎄요, 억울하게 가족을 잃었다거나, 억울하게 사기를 당했다거나… 그런 극단적적인 상황이라면 그럴 수도 있겠죠. 하지만 일상적인 상황 속에서 다른 누군가에게 소리를 치고 욕설을 내뱉는 행위는 정당화될 수 없습니다. 당신의 남자친구가 그런 행위를 하는 건 분명히 일시적인 현상은 아닙니다. 반드시 이유가 있겠죠. 그 이유를 알 수 있다면, 당신이 해결할 수는 없더라도 도움을 줄 수는 있을 겁니다. 하지만 당신은 그만큼 긴 고통의 터널을 지나야 할 거예요.

어떤 사랑을 원하세요? 아니, 어떤 커플이길 원하죠?

당신이 남자친구와 결혼을 했다고 가정해봅시다. 술 마시고 아이에게 소리 지르며 윽박지르고 손찌검하는 아빠를 원하시는 건 아니죠? 지금 이렇게 당신의 동공을 크게 만드는 기술을 가지고 있는 남자인데, 결혼한다고 달라질까요? 그런 남자를 감당해낼 자신이 있으세요? 당신이 아이를 등에 업고 술버릇 나쁜 남편의 뒤치다꺼리하느라 아까운 젊은 시절을 다 보내는 건 아닐지, 저는 생각만으로도 가슴이 갑갑해지고 등골이 오싹해집니다.

남자는 여자를 좋아하면 그녀의 말을 귀담아 듣습니다. 그리고 그녀를 위해 노력하지요. 그 후 개선이 되고요. 용기 내어 고통을 얘기한 애인을 위해 최선을 다하는 게 사랑하는 사람에 대한 예의라는 생각 안 드세요? 애석하게도 그는 그 예의를 지키지 못하고 있군요.

아마도 당신은 이런 남자를 원하는 게 아닐 겁니다. 그러니 제게 상담하는 것일 테죠. 세상을 살아가는 데는 남자 문제가 아니라도 힘든 일 천지입니다. 술로 행패 부리는 못난 남자 말고, 맨 정신에 당신을 쫓아올 남자를 찾아보세요.

적당한 음주는 우리를 기분 좋게 한다. 게다가 남녀 사이를 가깝게 만들고 친밀하게 만드는 데 술만큼 좋은 것도 없다. 그날의 분위기에 따라 순간적인 자신감도 생기기 때문에 친해지기도 쉽다. 동성친구들과 술을 마시면 과거 연애 스토리도 자연스럽게 나온다. 그만큼 허물이 없어지는 것이다.

하지만 술을 너무 지나치게 마셔버리면 자신의 본 모습을 보일 수 없게 된다. 그러니 알코올중독자와 사귀거나 결혼하고 싶지 않다면 각별히 주의해야 한다. 제정신일 때 아무리 당신에게 잘해주고 성실할지라도, 술로 당신을 괴롭히는 남자라면 당장 빨간 깃발을 들고 멈춰 서자. 사랑에 푹 빠진 여자들은 남자들이 결혼을 하면 나아질 것이라며 희망 고문을 한다. 그러나 결혼이란 '제도'로 사람을 변화시킬 수는 없다. 어떤 상황이든 당사자의 결의 없이는 아무것도 변하지 않는다는 것을 명심하자. 변하는 사람은 '당사자'이고, 그를 이해하는 것은 당신 마음이다.

나는 다행히 술을 마시면 돌변하는 남자친구를 만나본 적은 없다. 우리 아버지는 술을 좋아하지 않으신다. 아주 가끔 술을 마시고 들어오시면 용돈을 주셨고, 험한 말과 행동은 하지 않으셨다. 그 점이 참 좋다. 나 역시 술고래가 아니다.

알코올중독자들은 보통 즉흥적이다. 믿음직스럽지 못하고, 절제력이 약하고, 상스러운 말을 많이 하고, 제멋대여서 애인의 기분을 엉망진창으로 만든다. 긴장을 풀려고 마시는 한두 잔의 칵테일과는 차원이 다른 음주로 당신을 힘들게 한다. 그래서 나는 주정뱅이와 사귀지 말라고 당부한다. 사실 조언이라고 할 것까지도 없다. 너무나 당연한 거니까. 굳이 설명하지 않아도 알 것이다. 이제 스스로에게 다짐하자. 다시는 주정뱅이와 사귀지 않겠노라고!

만약 오래 만나온 사이라면? 아무리 만난 기간이 오래되었다고 해도, 앞으로 살아갈 날이 더 많다. 앞으로 살아갈 날을 위해서라도 남자친구의 알코올의존증이 의심된다면 음주의 정도를 직접 판별해보자. 음주 습관도 반드시 확인해야 할 것이다. 사랑으로 눈과 귀를 막지 마라. 때늦은 후회로 상처받지 말고 똑똑한 연애를 하기 바란다.

내 친구 F의 남자친구는 F를 만나기 전까지는 하루도 빠지지 않고 소주를 꼭 마셔야 하는 알코올중독자였다. 술을 즐겨 마시는 것을 넘어서 의지하는 수준이었으니까. 하지만 F는 그를 사랑했다. F는 남자친구에게 자신은 술 마시는 남자가 싫다고 말했고, 그에게 F는 꿈에 그리던 여자였으므로 그는 그녀의 의견을 받아들여서 결국 술을 끊었다. 현재 그는 항상 맑은 정신으로 그녀와 데이트를 즐기고 있다.

제 남자친구는 마마보이입니다

결혼이란 온전히 혼자서 살아갈 힘이 있을 때 하는 것이다. 둘이 아니라 셋이 연애하는 것 같은 상황들이 발생한다면, 현명하게 남자친구의 독립심 여부를 판단해보자.

Q 안녕하세요. 저는 수원에 사는 A입니다. 작가님, 저는 여태까지 마마보이는 영화 속에서 재미있는 소재로나 이용하는 건 줄 알았는데, 꼭 그런 것만은 아니더라고요. 처음에는 남자친구가 그냥 효자인 줄 알았습니다. 전에 만났던 남자친구들보다 엄마 얘기를 많이 하고 전화를 많이 해서 남자친구의 부모님은 참 좋겠다고 생각했을 정도입니다.

그런데 사귀다 보니까 도를 지나칠 때가 많더라고요. 제가 쓰는 향수를 남자친구 어머니께서도 쓰시는지 그 향수만 뿌리고 나가면 엄마 냄새가 난다고 하더라고요. 그때는 "신기하다, 같은 향수를 쓰시나 보네."라며 대수롭지 않게 넘겼습니다. 하지만 시간이 지날수록 남자친구의 행동이 저하고 있을 때조차 저를 1순위로 생각하지 않는다는 느낌을 받게 되었습니다.

예를 들면, 저와 있으면서도 통화를 너무 자주 하고 맛있는 거 먹으러 갈 때면 "이거 우리 엄마가 좋아하는 건데."라고 하는 거예요. 데이트 중에 엄마 이야기를 안 하는 날이 없으니까 이게 스트레스가 엄청나더라고요. 이걸 그냥 넘기면 안 될 것 같아서 남자친구랑 같이 맥주 한잔 하면서 이야기했어요. 그랬더니 엄마가 질투가 많아서 "네 동생이 요즘 연애하느라 엄마는 안중에도 없다"는 식으로 누나에게 말했다는 거예요.

진짜 아니다 싶었던 건 사실 따로 있어요. 남자친구 부모님에게 인사를 드리러 간 적이 있었는데, 자리가 어려워서 저는 잔뜩 긴장한 채 소파에 앉아 있으니까 눈치를 주더라고요. 그래서 "제가 도와드릴 건 없을까요?" 하고 다가갔는데 글쎄, 단호하게 "됐다!" 이러시더라고요. 큰 소리로 그렇게 말했는데도 남자친구는 그냥 가만히 있는 거예요! 작가님, 저 진짜 힘들어요. 이대로 괜찮은가요?

A 무슨 '보이'만 들어가면 왜 이렇게 좋지 않은 말들이 많은지 모르겠습니다. 일단 남자친구가 여자친구 마음을 몰라도 너무 몰라주는 철없는 남자네요. 남녀가 인연이 닿아 사귀다 보면 정말 다양한 케이스와 마주하게 되죠. 당신은 분명 남자친구와 사귀고 있는데, 자꾸만 누구와 데이트 하고 있는지

모르겠는 상황들이 발생하고 있으니 얼마나 힘들까요.

당신의 상황이 너무도 안쓰럽지만, 피할 수 없는 진실은 말해주어야 할 것 같네요. 지금 상황 같은 만남을 계속 유지하면 당신의 스트레스는 날이 갈수록 더 커질 거예요. 현재의 사랑이 아무리 소중해도 남자친구가 당신 인생의 전부는 아닌 거 잘 알고 계시죠? 물론 무작정 당장 헤어지라고 말하는 건 아닙니다. 다만 시간이 지나 또 다른 남자를 만나면, 지금 상황이 만들어낸 고생 따위는 하지 않고도 얼마든지 사랑받으며 살 수 있다는 걸 말씀드리고 싶은 거예요.

내 친구 K는 오랜 연인이었던 남자친구가 있었는데, 그 남자가 전형적인 마마보이였다. 그 둘은 3년의 연애 끝에 결혼 이야기도 오가고 있던 상황이었다. 보통 마마보이들은 정신적인 부분뿐만 아니라 경제적인 부분까지 어머니에게 의존하고 있다고 보면 된다. 그런 상황이니 결혼을 한다는 것은 남자친구뿐 아니라, 남자친구의 어머니와도 하는 것이 된다. 다시 말해 세 명이 하는 연애다. 남자친구 어머니는 K를 '내 아들을 뺏은 여자'라고 생각하는데, 그 결혼생활이 과연 평탄하겠는가.

예전에 문화센터 앞에서 한 어머니가 유독 아이에게 집착하는 것을 보았다. 아홉 살쯤 되어 보이는 아이의 일거수일투족을 다 간섭하는 모습에 눈살이 찌푸려졌다. 다른 어머니보다 유독 유난스러웠다. 저건 아닌데, 아이가 얼마나 힘들까, 아들이 크면 얼마나 더할까 싶은 마음에 쳐다보다가 문득 '어머니는 대체 어쩌다가 저렇게 되었을까?' 싶어 측은지심이 생긴 적이 있었다.

마마보이와 사귀는 여자들이 명심해야 할 것이 있다. 일단 남자친구가 엄마와 함께 있지 않거나 연락하지 않을 때 과연 혼자서도 일상생활을 잘 영위할 수 있는지 판단해봐야 한다. 결혼이란 온전히 혼자서 살아갈 힘이 있을 때 하는 것이다. 현명하게 남자친구의 독립심의 여부를 판단해보았으면 한다.

사랑이라는 게 참 어렵다. 비록 아흔아홉 가지의 장점이 있어도 단 한 가지의 단점을 참을 수 없다면, 그 단점을 메우기 위한 에너지를 스스로 감당할 수 없다면, 그 관계는 구렁텅이로 빠지기 십상이다. 서로 죽고 못 살아서 결혼해도 이혼하는 커플들로 넘쳐나는 것이 요즘 세상이다. 그러니 냉정하게 현실을 파악하기 바란다.

어떻게 하면 잘 헤어질 수 있을까요?

이별을 말할 때는 무엇보다 나의 의견을 정확하게 표현하는 것이 좋다. 그리고 상대방의 이야기에도 귀를 기울이자. 상대방의 이야기를 들어주는 것도 이별에 대한 예의이다.

Q 저희는 CC입니다. 교제를 시작한 지 1년 정도 되었는데, 요즘 들어 제 마음에 예전 같지 않은지 자꾸만 싸우게 됩니다. 그러다 보니 자연스레 남자친구랑 사이도 안 좋아졌습니다. 그런 제 마음도 모르고 남자친구는 제게 너무 기대려고 하고, 자꾸 전화하고 찾아옵니다. 이제는 그와 정리할 때가 온 것 같아요. 어떻게 하면 그에게 상처를 덜 주고 헤어질 수 있을까요?

A 누구나 만남이 있으면 헤어짐도 존재하기 마련이지요. 특히나 같은 시간과 공간 속에서 함께 사랑했던 사람과의 이별은 더욱 가슴이 아픕니다. 연예인들의 흔한 이별 멘트인 "서로 관계가 소원해져 자연스럽게 헤어지게 됐다. 그래서 선후배 사이로 남기로 결정했다."는 사실 일상생활을 하는 우리

에게는 썩 어울리지 않는 이별 방식이죠.

예전에 기차기관사였던 L을 만난 적이 있어요. 그와는 중학교 동창회에서 우연히 만났습니다. 그가 그 자리를 유쾌하게 만든 덕분에 모두들 행복하게 놀 수 있었죠. 술자리에서 잘 웃어주던 내게 관심을 보인 L은 데이트 신청을 해왔고, 우리는 자연스럽게 연인이 되었어요. 연애를 하는 다른 커플들과 다름없이 우린 일상 데이트도 즐기고, 여행도 다니고, 둘만의 추억거리를 쌓았어요.

그러나 L은 늘 일을 하느라 바빴고, 나 역시 미래를 위해 고군분투하느라 정신이 없었죠. 그와 연애를 하면서 우리는 커플이라는 틀 안에 서로를 가둬두고 있다는 느낌을 받았어요. 나는 그가 싫지 않았지만, 더 이상 함께하고 싶지 않다는 마음과 그가 없이도 잘살 수 있을 거라는 생각이 강하게 들었기 때문이었죠. 그래서 '우리'라는 울타리를 곱게 벗기기로 결심했습니다. 이별을 고하기로 마음먹은 날, 우리는 고요한 음악이 들리는 카페에서 달콤한 향이 나는 커피를 마주하고 앉았어요.

"나, 할 말이 있어."

"뭔데?"

"우리, 이제 그만 만나자. 헤어지는 게 좋을 것 같아. 공부하기도 벅차고 마음에 여유가 없어서 지금 누군가를 만날 때가 아닌 것 같아. 이참에 너도 다른 여자도 만나보고 다시 연애도 해. 나는 네가 그랬으면 좋겠어."

내 말을 가만히 듣고 있던 L이 갑자기 울기 시작했어요. 사귀면서 지금까지 단 한 번도 내 앞에서 운 적이 없었기 때문에 놀랄 수밖에 없었죠.

"왜 울어, 울지 마."

"혜영아, 내가 우는 이유는 아무리 널 붙잡아도 네가 변하지 않을 거라는 걸 느꼈기 때문이야."

그 순간 나는 "내가 잘못했어, 우리 다시 시작할까?"라고 말하고 싶은 것을 간신히 참았어요. 우는 모습이 너무나도 짠했고, 내가 그에게 무슨 짓을 한 건가 싶은 마음에 나 역시 눈물이 났어요. 그렇게 우리는 서로를 바라보며 눈물을 그치지 못했습니다. 하지만 이런 관계 속에 있는 나를 원치 않았거든요. 그래서 잠시 흔들렸을지라도 참고 또 참았어요. 감정이 누그러지자 L이 말했어요.

"이제 가자. 마지막으로 내가 바래다줄게."

"아니야, 혼자 갈 수 있어."

"마지막인데 이것만 하게 해줘."

그렇게 우린 한낮에 이별을 했어요. 지금도 그때의 감정은 선명하지만, 그의 얼굴은 희미하기만 하네요.

연애를 잘하는 것만큼이나 이별도 잘해야 해요. 하지만 보통의 연인들은 연애는 잘해도 이별은 서툴기만 하죠. 사랑하는 것보다 헤어지는 것이 훨씬 어렵기 때문입니다. 그러나 진짜연애를 잘하는 사람들은 이별 앞에서도 강해요. 그것은 사랑하는 사람과의 이별 또한 나를 사랑하는 방법 중 하나이기 때문이랍니다.

진짜 원하는 무언가를 얻기 위해서는, 용기를 내어 하기 싫은 일이나 두려운 일을 감당해야 한다. 그래야만 진정 당신이 원하는 삶을 살 수 있게 되는 것이다. 남녀 사이의 이별, 결별이라는 것이 상대방이 꼭 싫어서 하는 것만은 아니다. 상대방이 싫어진 경우라면 마음을 쉽게 정리할 수 있지만, 그렇지 않을 경우의 헤어짐은 고민하는 시간이 길어진다. 오래 사귄 연인 사이는 반복된 패턴, 말하지 않아도 아는 상대방의 성향 때문에 설렘보단 편안함을 더 많이 느끼게 된다. 시간이 흐를수록 정 때문에 만나고 있다는 느낌을 받지만, 그래서 더욱 헤어지기가 쉽지 않다.

사랑을 시작하기 위해 두근거리는 마음으로 고백하는 것보다 더 어려운 것이 이별을 말해야 할 때가 아닐까? 분명 그대와 남자친구는 뜨거운 사랑을 했을 테지만, 이별의 때가 오면 어떠한 식으로든 이별을 말해야 한다. 특히 당신의 마음이 식어서 상대에게 이별을 고할 때면 왠지 미안한 마음이 들어 쉽게 말하지 못하는데, 상대방에게 죄책감을 가질 필요는 없다. 서로가 짝이 아니라고 판단했다면 이별은 서로를 위해서 반드시 거쳐야만 하는 관문이다.

내가 가장 하기 싫은 일을 해야만 비로소 내가 좋아하는 세상이 펼쳐지는 것은 참으로 아이러니하다.

이별을 말할 때는 문자나 전화보다는 조용한 장소를 정해 만나서 이야기하는 게 좋다. 무엇보다 나의 의견을 정확하게 표현하는 것이 좋다. 제대로 말하지 못하고 애매하게 둘러말하면 상대방만 힘들 뿐이다. 그리고 상대방의 이야기에도 귀를 기울여야 한다. 상대방의 얘기를 들어주는 것도 이별에 대한 예의일 테니까.